On a tous les mêmes vies…

…ou presque

https://www.facebook.com/au.fil.de.mes.romans
https://sergioluis4.wixsite.com/sergioluis
https://www.amazon.fr/Sergio-LUIS

Bonne année

Les bruits de la rue ne parviennent pas à mes oreilles. Ou du moins les atteignent-ils comme le ferait un essaim d'abeilles, dans un bourdonnement indistinct et entêtant.

Je suis seul, ce soir.

Assis comme un vieux bougre que je suis, devant un petit cadre qui ne signifie rien d'autre que le sens que je veux bien lui donner. Tu es partie, il y a un mois maintenant. Et mes os élimés ne supportent ton absence que parce que mon cerveau empêche mon corps de s'effondrer.

On a vécu une vie entière, vois-tu. Nos doigts se sont serrés tellement de fois. Tant de fois j'ai épousé ton corps jusqu'à me fondre en lui en une élévation commune qui nous protégeait des coups assénés par une vie trop chiche par endroits.

Tu as bien voulu donner vie. Et nos bouts de nous-mêmes ont comblé tous les vides, dans la tempête comme dans le calme, dans le sourire comme dans les cris. Ils ont accompagné nos existences, finissant de lisser le plâtre de nos âmes, donnant le relief essentiel à nos actions et nos motivations de chaque jour. Mais ils sont partis, comme de bien entendu, car on ne garde pas les oiseaux en cage.

Mais je m'en moquais bien car au fond « il ne restera toujours que nous deux », me disais-tu. Tu m'as menti. Toi aussi tu t'en es allée, là d'où seuls les mythes reviennent, là où l'homme a projeté ses plus vifs espoirs d'un monde empli de colombes et d'ailes blanches qui vous effleurent la peau. Mais moi, je ne sais rien de ce monde. Je ne vois que la boîte rectangulaire où le corps disparaît pour n'être plus que ce qu'il est censé être : des bouts de bois.

Alors mes larmes coulent ce soir.

On réveillonne à côté. On chante. On danse. On fait du bruit.

On vit.

Je vois ton visage dans le petit cadre. Il est tatoué bien au-delà de mon épiderme. Il fait palpiter mes veines. Ce soir, il est mon propre reflet. Je ne pourrai guère rester longtemps parmi les fous, tu le sais.

Les enfants continueront car la roue n'est pas conçue pour s'arrêter. Ils perpétueront le nom par leurs propres petits. Mais je m'en moque ce soir. Sans toi, je n'ai pas trop de souffle. Sans toi, je n'ai plus trop envie de me lever et de beurrer ma tartine. Sans toi nos émissions favorites ont la fadeur d'un plat sans sel.

Tu m'as demandé d'avancer. Parce qu'il le fallait et qu'on avait encore besoin de moi. Mais qui ? Non, ma douce, toi, tu avais besoin de moi, cela s'arrête là.

Je me lève et je prends ta photo entre mes doigts noueux. J'avance vers la fenêtre ouverte, il fait si frais ce soir. Je regarde en bas. Il y a des jeunes qui rient aux éclats. Jeunesse insensée qui tourbillonne sans s'arrêter, certaine d'être éternelle.

Jeunesse.

J'ai une grosse larme qui roule vers mon cou mais je ne fais rien pour l'arrêter. Ce soir je verrai cette nouvelle année sans toi pour la première fois depuis…mon Dieu, depuis quand ? Ai-je vécu avant toi ?

Moquez-vous, tristes sires, vos quolibets n'ont aucun poids sur moi. Ce soir, ma douce n'est pas. Mon âme sœur est partie. Ce soir, mon amour n'est plus. Et si cette notion est dérisoire pour vous, sachez qu'elle est notre unique voie. Nos vies, c'est l'autre.

Alors laissez-moi pleurer en silence, moi le vieux bougre rabougri. Car ma douce est partie.

Bonne année.

C’est pas grand-chose

La chaleur est à son comble, renforçant l’impression de confinement. Les pare-chocs rutilent sous le soleil qui inonde le bitume. On a bien le temps de les apprécier, les pare-chocs, vu qu’on avance à peu près à dix à l’heure. A ce rythme, nous serons rendus pour la fin des vacances.

C’est super le sud, il y fait beau. On peut se trimballer en maillot de bain toute la journée si on veut. Mais pour atteindre le graal, il faut transpirer. Les vacances, ça se mérite.

On a deux semaines dans l’année pendant lesquelles on peut s’exonérer du sourire de façade à ses collègues qui vous tapent sur le système plus qu’ils n’égaient vos journées. Pendant lesquelles on peut s’exonérer du sempiternel repas de famille. Du rythme infernal qui vous contraint à fermer les yeux avant la fin du film parce que vous êtes juste rincée. Pendant lesquelles on va voir autre chose que les murs de son pavillon de classe moyenne ou encore les murs du métro, ou alors de son entrée d’immeuble.

Je pense à tout ça pendant qu’on roule. Pierre se décrotte le nez sur ma gauche. Je le sens plus que je ne le vois. Le mouvement de son avant-bras ne trompe pas et la position de sa tête ostensiblement orientée vers son rétroviseur n'est pas naturelle. Il a une espèce de petit mouvement du cou qui démontre sans l'ombre d'un doute qu'il se récure la tuyauterie. Je déteste quand il fait ça. Je le lui ai déjà dit. Et je continue régulièrement. Il me rétorque alors qu'il m'arrive bien à moi d'avoir des gaz et qu'il ne met pas de masque pour autant. Je suis alors prise au piège, d'autant que c'est vrai. Il m'arrive de ne pas me contenir, c'est sûrement les années qui passent.

Quand on est jeunes, on est toujours très bien apprêtés. On fait l'amour tout le temps, donc il vaut mieux être attirant. Quand on est jeunes, on ne pète pas, ou alors dans le huis-clos d'une pièce, à l'abri des regards, et surtout des nez. On se séduit tout le temps, on sent bon, on se touche beaucoup, partout, et on se dit que c'est chouette la vie à deux parce que c'est bien de sentir le parfum de l'autre.

Et puis les années défilent et tout ça passe au second plan, voire troisième, voire quatrième plan. Parce qu'on n'a pas le choix. Alors, s'il faut se trifouiller l'appendice nasal ou lâcher une bombe odorante, eh bien, il faut bien que ça se fasse. Tant pis pour toi, tant pis pour nous.

Je ne lui dis rien parce que je n'ai pas envie de casser ce beau moment d'embouteillage. Et puis, on y va en vacances, on n'en revient pas. Quand on en revient, les tentacules du quotidien nous happent déjà vers eux. Ils nous entourent les bras, le corps et nous murmurent qu'ils ne nous abandonneront jamais et que la lumière des vacances est éphémère. Non, mon gars, tu n'es pas de ces vacances-là. Toi, tu m'appartiens.

Les bagnoles tout autour de nous forment une hallucinante marée de tôles et d'âmes. Les regards se croisent parfois mais peu. On est tous très concentrés, voyez-vous. Il ne faudrait pas perdre sa place. Il y a des pieds sur les tableaux de bords, des fenêtres semi-ouvertes pour les plus vieilles voitures, celles qui ne proposent pas la clim ou celles dont elle est défaillante. Il y en a qui ont doublé la hauteur du véhicule par l'amoncellement de bagages entreposés sur la galerie du toit.

Ça ne risque pas d'arriver chez nous. Pierre ne supporte pas de voir dépasser un sac. Il se met en colère rentrée quand il me voit balancer des colis sur les sièges arrière, à côté des enfants. Il y a des bonbons, des boissons, des trucs à colorier, des consoles. Il n'a toujours pas compris que c'est à ce prix-là qu'on fait faire mille kilomètres à des gamins de sept et neuf ans.

Le chargement de la bagnole avant le départ est toujours un grand moment de proximité, d'échanges courtois, de discussions intelligentes sur comment on organise le coffre. Au début, tout va bien, et lorsque la dernière valise atteint le toit du hayon, Monsieur n'hésite pas un instant à mettre en surbrillance la vacuité de l'existence féminine qui a besoin d'emmener avec elle la moitié de la maison alors qu'on ne part que quinze jours. Ce même Monsieur qui, au milieu des vacances, par contre, ne se privera pas pour se plaindre du manque de caleçons à sa disposition. Et du coup, du manque de prévoyance de sa chère et tendre qu'il a enguirlandée parce qu'elle chargeait trop la voiture. C'est chouette les vacances.

Il faudra qu'on aille voir les parents de Pierre, comme d'habitude. Ce n'est pas qu'ils me dérangent mais je m'en serais passée. Ces non-dits qui vous tuent un couple et qu'on accepte pourtant parce qu'il faut bien avancer. Oui, c'est vrai, il y a des fois où je préfèrerais qu'on reste entre nous quatre. Qu'on fasse un câlin d'amoureux le soir, parce qu'on se sent bien. Qu'on ne rende de comptes qu'à nous-mêmes. Mais on n'écorne pas aussi facilement les us et coutumes.

Rose pousse un petit cri derrière, en repoussant le bras d'Anthony qui doit commencer à trouver le temps long. Pierre contracte sa mâchoire, ça non plus je n'ai pas besoin de le voir, je le sens. J'essaie d'arranger les choses et me retourne en proposant une activité coloriage qui laisse mon fils aine de marbre. La petite accepte et je suis soulagée : cinquante pour cent de taux d'occupation, c'est comme les hôtels, c'est déjà pas mal.

Coup de frein sec. Klaxon.

—CONNARD ! hurle Pierre dans la voiture. La grossièreté, je n'aime pas trop non plus, en tout cas pas devant les enfants. Il fait de grands gestes à l'attention du type qui vient de lui faire l'affront de se glisser devant lui et donc de lui faire perdre…cinq mètres. J'invoque intérieurement la Sainte Vierge pour qu'il ne décide pas de lui montrer un majeur dressé vers le ciel qui inviterait l'autre à se laisser ausculter une anatomie aussi vierge que la Sainte. Surtout qu'on ne sait jamais sur qui on tombe. J'ai vraiment peur de ça. Surtout avec les enfants. Mais Pierre joue du piano sur son volant et me balance sa litanie sur l'immense communauté des cons qui nous encerclent et notamment ceux qui nous collent, et que nous collons, sur la route des vacances.

Le monde entier est toujours con, on le sait. Tout le monde est con sauf nous.

Nous on n'est jamais cons.

Je jette un œil sur le kilométrage restant et je me dis qu'on a fait le plus dur. On se boira un apéro ce soir. Les enfants auront un grand verre de soda. Positive attitude.

Pierre monte le son sur une musique qu'il affectionne et qu'on écoute depuis dix ans. Vieille France, mon Pierre. Des fois, j'aimerais sentir le hard-rocker sous sa chemise comme quand il me trouvait divine et que son objectif au-dessus de tous les autres était de me caresser la peau.

Les enfants ne réagissent pas, ils préfèrent les trucs au QI de poule que les youtubers lancent sur la toile avec trois accords et deux phrases. Dois-je avouer que leur légèreté me convient aussi de temps à autre ? Pierre est trop carré. Trop anxieux. De temps à autre, on a besoin de plumes qui volent, nous les femmes.

La route s'élargit. Le flux s'accélère. Miracle. En deux minutes, on atteint les quatre-vingt-dix à l'heure, ce qui ne nous est pas arrivé depuis près de deux heures. Le GPS réagit, les chiffres défilent plus rapidement. On se sent mieux dans la voiture. C'est fou comme le fait de rouler normalement te donne une bouffée d'oxygène.

Le miracle se poursuit : Antoine et Rose ont mis leurs casques et regardent un dessin animé qui parvient à capter leur attention. Pierre pose sa main sur ma cuisse. Je regarde la route. Il pose sa main sur ma cuisse souvent en vacances et si peu de fois le reste du temps.

Trente minutes s'écoulent, les paysages prennent un relief montagneux, nous commençons à reconnaître les lieux. La légèreté augmente, le poids des jours qui se ressemblent tous s'éloigne.

Dernier coup de rein dans les embouteillages de la commune trop connue, trop fréquentée, mais que nous aimons. On coupe la clim, on ouvre les fenêtres.

—Ça sent bon, dit Antoine.

Ce qui n'est pas vrai. Ça sent bon dans nos têtes, surtout.

Pierre ne peut s'empêcher de pousser des jurons. Il a le regard rivé sur le GPS pour trouver notre location. Les voitures se frôlent toujours et les rétros s'effleurent régulièrement. On a les yeux grands ouverts, tous les quatre, y compris les petits auxquels papa a demandé de surveiller les panneaux.

C'est Antoine qui crie le nom de la rue recherchée.

On arrive. Je regarde partout. Mes yeux experts de femme cernent le voisinage, les commodités, la propreté extérieure. Pierre est déjà centré sur l'accessibilité et le parking disponible. C'est ça un couple.

Merveilleuse complémentarité.

On arrive enfin devant la petite maison. Elle a l'air très propre. Ce n'est pas un palace mais nous ne sommes pas de sang royal. Nous n'en avons ni les gènes ni les moyens. Ces quinze jours-là, on se saigne pour se les offrir.

On laisse les valises. On prend contact avec les propriétaires. Ils ont l'air sympa, ce vieux couple. Assez discrets. Tout ce qu'on aime. Ils nous font visiter les lieux. On ne dit rien, on remercie. Ils s'en vont. On ferme la porte. On apporte quelques commentaires, les enfants allument la télé, un réflexe sûrement génétique.

Et puis mon mari me regarde en souriant. Je le sens détendu. On se serre fort tous les deux, on se fait un baiser. On va enfin pouvoir respirer un peu. On ne l'a pas volé.

Ce n'est pas grand-chose.

C'est rien.

Mais c'est tout.

Ras la couette

La dernière ligne droite n'est pas loin. J'ai transpiré pour en arriver là. Que d'efforts, dans des corridors plus ou moins larges. Que d'évitements, de zigzags. Que de bruit, de cris. Tout ça avec mes enfants accrochés au véhicule avec l'ordre intime de se taire.

J'ai cherché ce qu'il me fallait. J'en ai besoin pour ma famille, il en va de sa survie. J'ai été contrainte aussi de trouver ce qu'il ne me fallait pas, car le silence de mes enfants passait par là. Je suis faible, ridicule, mais fatiguée. Alors, je fais au mieux.

A un moment donné, j'ai bien cru défaillir. Contrainte de faire demi-tour, repartir au début, refaire les zigzags, avec les regards obliques qui me jugent mais dont je n'ai que faire. La survie de ma famille, je vous dis.

Mes chevilles commencent à me faire souffrir, je ne suis pas équipée, pas de bottes de randonnée, en même temps je n'ai pas pu m'arrêter dans ma sombre demeure avant de venir au combat. J'ai pris mes enfants, j'en suis responsable et ils ont accepté le deal mais de choix, ils n'avaient guère. Pourtant j'ai bien vu la tristesse s'abattre sur leurs petits visages à l'annonce de la chose.

Je l'avoue : je les ai pris par surprise mais je devais me protéger aussi. A chaque fois, c'est un chemin de croix qui m'attend. Il faut bien que je m'arme au mieux.

Mon conjoint n'est pas là. J'aurais tant aimé qu'il le soit pour me donner la main. Il y a des parties trop hautes, j'ai du mal à les atteindre et Dieu sait que j'étire mes bras au maximum de leur élasticité. Il y a de rudes concurrents, soit par leur morphologie, soit même par leur passivité. Ainsi, je vois une vieille dame qui me bloque l'accès. Je tempête, souffle, fulmine, sans me départir d'un calme apparent. Mes enfants gémissent doucement. La fatigue prend le dessus sur eux aussi et le véhicule n'est pas très confortable. J'arrive à l'écarter progressivement, je m'empare de mon objectif et je pars.

Au détour d'un virage, il n'y a presque pas la place de tourner. J'arrête, je bloque, j'attends, je souffle, je calme mon dernier qui n'a que trois ans et ne comprend pas la raison de sa présence sur les routes de l'enfer. Puis, j'arrive à me faufiler.

Ce n'est pas passé loin.

Ma journée commence à alourdir mes membres, je n'avais pas besoin de ça.

J'en ai plein la couette, ras le pompon, par-dessus la courge, au-dessus du pif, plein la caboche, ras les poches, plein les fesses.

Mais mon calme est légendaire. Je suis Athéna. Je suis une déesse. Je suis dure au mal. Alors, je poursuis.

Je suis au bout. Le graal est là-bas. Les petits pleurnichent mais un coup de kleenex bon marché et ça repart. Dernier danger : un attroupement. Je discerne un petit chemin sur la droite et m'y engouffre avant les autres, pas peu fière de moi.

Mais la fin est pire. Nous sommes trop nombreux. Trop à vouloir nous échapper du labyrinthe. Rentrer chez soi, si miteux soit son chez-soi. Je m'immobilise et attends. J'avance à petits pas. Pas de raison que mon tour n'arrive. Nombreux sont ceux qui attendent le moindre geste de découragement pour m'éjecter de la ligne d'arrivée. Mais je résiste. Je tiendrai. Je suis élimée comme un vieux sac troué mais je tiendrai. Pour mes enfants, pour ma famille.

Le temps passe, interminable, j'entends dans ma tête chaque seconde comme si j'avais un don. Je tiens bon. Mes enfants veulent quitter le navire mais je leur dis que le danger rôde. Il faut qu'ils restent accrochés à maman.

Et puis, le soleil apparaît. Je peux enfin passer. Le dernier gardien est une femme dont la lividité des traits me donne un coup au cœur. Elle semble sur le point de défaillir elle-même et je suis prise d'une compassion sans borne. J'ai presque envie de l'arracher à sa situation et de l'emmener se reposer avec moi. Mais je ne peux pas. Elle devra poursuivre car elle est le gardien.

Elle me livre enfin un sourire à l'hypocrisie latente. Ses yeux disent au contraire qu'elle n'en a rien à faire de moi, des autres. Elle voudrait se lever et s'enfuir.

Mais on me refusera cette main tendue, inutile d'essayer. Elle a ses maîtres.

Nous fuyons les lieux. Je cours à moitié, presque euphorique. Enfin terminé.

Dehors, je m'arrête un peu, mes enfants me scrutent et je sens l'incertitude dans leurs regards. Ils ont peur. Devons-nous y retourner ?

C'est que j'ai oublié le pain. A cette heure-là, la boulangerie est fermée.

Oui.

Mais il y a trop de monde ce soir dans ce bon sang de supermarché.

Tant pis, on sortira les biscottes.

Ras la couette, je vous dis.

J'essaierai

Je suis comme une ombre. Face à moi, le grand mur blanc reflète les contours de mon corps que dessine une lampe à la lumière crue. Je suis étrangement seul alors que, partout ailleurs, ça fourmille de monde. Est-ce le couloir de la mort ?

Non, c'est pourtant celui de la vie.

Elle n'est plus à côté de moi et je dois dire que c'est pire. Je préférais encore tout à l'heure alors que ses longs cheveux collaient à son front et que son visage déformé par la douleur me cisaillait l'estomac. Elle m'a un peu serré la main mais pas trop. Tout ça, c'est dans les films. Quand la contraction approche c'est comme un tsunami intérieur, une déferlante de souffrance qui lui prend tout le corps.

Alors je pense qu'on oublie où on est.

J'étais totalement impuissant. Tu te retrouves là, comme un grand machin, à ne pas savoir quoi dire ou quoi faire. Il n'y a pas grand-chose à faire ou à dire, ceci dit. Tu te prépares longtemps à l'avance, tu te dis que tu vas être le meilleur, que les autres ne savent pas faire, qu'ils n'ont pas cette finesse comportementale. Et puis, bing, le truc arrive comme le ressac interminable de la mer et tu es bien obligé de faire comme les autres : faire la tige.

Cela fait vingt minutes déjà qu'ils l'ont emmenée. Le bébé ne passait pas. Son rythme baissait de moitié à chaque fois que sa mère s'efforçait de le pousser au dehors. Ça n'a pas plu à la sage-femme qui a demandé conseil à un toubib à l'extérieur de la pièce et ils ont dit qu'il faudrait sûrement lui ouvrir le ventre. J'ai blêmi, elle aussi, et nos yeux se sont renvoyés un message silencieux. Nous comprenions qu'on nous enlevait là un moment précieux. Tu te dis que tu ne le revivras peut-être jamais alors c'est un sacré uppercut. Et comme une grande tige qui ondulait bêtement, j'ai juste trouvé à dire :

— C'est pas grave, c'est mieux pour toi.

Ça ne l'a absolument pas réconfortée et des larmes grosses comme des calots ont descendu ses joues. Et puis ils l'ont vite déplacée, montée d'un étage et m'ont demandé d'attendre dans le couloir, ce que je fais. Je me sens super seul. Mon portable bipe de temps en temps et on me demande où nous en sommes. Je ne réponds pas car je n'ai pas la réponse. J'ai envie qu'ils nous foutent la paix à ce moment précis parce que ça n'est pas du velours cette affaire.

Je pense à plein de choses, ma tête est un carrefour d'images. J'ai une angoisse sourde qui me tenaille et m'instille le doute sur tout. Je ne sais pas si je serai à la hauteur. Je ne sais pas si elle n'a pas trop mal.

Je ne sais pas s'ils savent ce qu'ils font. Est-ce qu'il va y avoir un malheur ? On a vu plein d'émissions sur le sujet et on a fait comme tous les niais que nous sommes tous : on s'est identifiés, on a eu peur, on s'est dit «Tu te rends compte ce qui leur arrive ? ». Comme lorsque tu as mal quelque part et qu'internet te susurre que c'est peut-être un cancer en phase terminale.

Quand son ventre s'est arrondi et que j'ai vu pour la première fois la forme d'un pied le déformer, une vraie forme avec cinq orteils très visibles, j'ai pris conscience alors de ce qui se jouait. J'ai enfin pu commencer à me préparer. Il nous faut du temps à nous autres. On met la graine, pas de souci, c'est quand tu veux, par contre pour nous faire basculer là-haut il nous faut des preuves.

Des démonstrations irréfutables.

Chaque minute qui passe me donne la nausée. Toujours personne. Je commence à penser à ces thrillers débiles dans lesquels l'hôpital hanté regorge de zombies. Je commence surtout à en vouloir au corps médical de ne pas me tenir au courant. Peut-être n'osent-ils pas ? Peut-être que ça se passe vraiment mal ? Je me lève et je fais les cent pas. Il le faut car l'implosion est proche.

Je n'ai pas été meilleur ou moins bon enfant qu'un autre. J'ai reçu une éducation propre, sans tâche, mais j'ai roulé ma bosse comme tous les dromadaires du monde. Je me rends compte, tout seul dans ce couloir terne, que je n'ai jamais aussi bien compris mes parents.

J'ai surtout peur, et si jamais ça se passait mal, que deviendrais-je ? Juste un type qui n'a jamais été papa ? Au fond, c'est comme si on t'enlevait quelque chose que tu n'as jamais eu. Ça ne doit pas faire plus mal que ça, non ? Alors pourquoi j'ai une douleur en bas, juste là, au-dessus de la ceinture ? Peut-être parce que rien que les clichés où on voit un simili de corps humain tout petit, rien que ça a suffi à me faire comprendre que c'était un bout de moi là, au dehors, un bout qu'il faudrait que j'accompagne un sacré grand nombre d'années. Et puis il y a ma douce et ce qu'elle endure. J'ai peur pour elle aussi, et je peste de ne pas être à ses côtés.

Un bruit de roulettes se fait entendre, je tourne la tête brutalement, les sens en alerte, mais c'est juste une tenue blanche qui pousse un chariot médical rempli d'ustensiles en tout genre.

Ça n'aide pas à ma respiration, j'ai la gorge qui resserre le tuyau. Si ça continue c'est moi qui vais accoucher.

Je retourne m'asseoir, les mains crispées sur les cuisses. Et puis, une porte s'ouvre au milieu du couloir, claque. Je me lève d'un bond. Ils sont trois autour du lit et pressent le pas. Mon cœur s'effondre jusqu'à rebondir par terre et je m'approche. La sage-femme ôte son masque juste le temps de me dire

—On va réessayer, le col est bien ouvert, on va réessayer.

D'un petit signe de tête elle me dit de les suivre, ce que je fais.

On retourne dans la salle des tortures initiale. Ma chérie est allongée et je sens qu'elle préfère que je sois là. Ça doit lui faire très mal, cette histoire. Je m'en veux, c'est idiot, mais à ce moment précis, j'ai l'impression que c'est moi qui tiens les tenailles.

Et puis, le rituel se remet très vite en route et on lui demande de pousser. Son petit corps se cabre, son si joli corps, et elle hurle aux murs tous les efforts qu'elle produit. J'avale ma salive, j'ai un œil qui pisse une larme.

Je vais accoucher aussi, je vous préviens.

A nouveau le moniteur montre le rythme du petit qui s'effondre. La sage-femme entend le bip irrégulier et jette un œil au médecin. Moi, je suis tétanisé, comme le passager de l'avion qui voit subitement l'hôtesse de l'air se précipiter sans raison vers l'avant de l'appareil. Je serre la main de ma douce mais ça ne sert à rien car elles glissent.

Il y a du sang, de la transpiration, des cris. On ne les sent pas rassurés, mais, si ça se trouve, tout cela est normal, parfaitement habituel. J'aimerais l'entendre de leur bouche mais ils sont trop affairés.

Elle crie de nouveau. Ça chute au moniteur. Ça pleure. Ça se lance des regards. Ses cuisses sont écartées à la limite de la rupture. Je la trouve d'une force et d'un courage déments, hors du temps. Une reine qui domine son royaume, une matriarche qui défend ses petits. Une femme qui crie au monde qu'elle va donner naissance et que personne ne l'arrêtera. Et je pense à la chanson de James Brown qui dit que ce monde d'hommes ne serait rien sans une femme ou une fille.

Je la savais forte mais son attitude est une cicatrice de plus sur mon cœur, un anneau supplémentaire à mon doigt. Je l'aime en cet instant plus que je n'ai déjà pu l'aimer.

Le circuit continue encore en boucle pendant dix minutes. Je ne sais pas si je vais défaillir, ne m'en veuillez pas. Je fais tout ce que je peux mais c'est costaud comme truc.

Et puis, on voit une tignasse brune qui sort des jambes. La sage-femme approuve, encourage, applaudit par les mots la prestation. On a la tête mais l'épaule est bloquée. Le plus dur reste à venir. Ma chérie n'en peut plus et je ne sais alors si elle gagnera cette guerre. Pour la première fois, ses yeux me renvoient le doute.

Et ma peur grandit.

Et puis, la sage-femme me demande de quitter la pièce en me touchant le bras, tout doucement. Pas le temps de m'expliquer, elle me dit juste que c'est un peu dur et que ça ne sert à rien que je vive ça.

« C'est ça ! Y a un loup, hein ? Il est difforme, c'est ça ? Il va mourir ? Et la maman avec, peut-être ? »

Moi le cartésien, celui qui maîtrise, suis comme un enfant devant la mer pour la première fois. Je ne sais quoi faire, quoi dire, à la fois subjugué et apeuré. De toute façon pas le temps de comprendre, pas le temps d'argumenter.

Je sors.

Il y a deux pauvres chaises, mais seul le Cyclope d'Ulysse aurait eu la force de m'y asseoir. Non, cette fois, je resterai debout. Je suis au supplice et j'ai même un sanglot qui perce. Le temps s'écoule à la vitesse d'un sablier, avec des épines en guise de grains.

Le plus grand cri que j'ai entendu depuis le début déchire le silence. Je pense qu'on l'a entendu de l'autre côté de la planète.

Et puis, la porte s'ouvre et on me dit de rentrer.

Vite.

J'ai du mal à avancer tant mes muscles sont crispés. La blouse qu'on m'a donnée entrave ma marche. Je rentre, avec un cœur qui s'est installé dans ma boîte crânienne. Que vais-je voir ? Que se passe-t-il encore ?

La sage-femme est toujours entre les jambes de mon épouse.

—Une dernière fois, dit-elle.

Son visage se révulse de nouveau. J'ai l'impression qu'une ride s'y est nouvellement créée. Elle pousse, gémit. Je la regarde, regarde son entrecuisse.

Et puis un corps survient. On lui place sur le ventre. Il urine.

Ma femme jette de petits cris, comme des spasmes retenus. Les pleurs de l'enfant brisent l'atmosphère comme une cloche qui annonce le tour final d'un huit-cent mètres. Elle place son bras sur son bébé, comme une reine devant ses sujets. Et moi, j'ondule comme une tige.

Les yeux brouillés, silencieux. Je vois des

sourires, la sage-femme lâche un ouf de soulagement. Mon cœur se décroche, je le sens bondir hors de moi et s'immiscer entre la main de ma douce et la tête de notre bébé. Je me penche et lui dépose un baiser sur le front, la remerciant. Oh, ce merci est si anodin, n'est-ce pas. Qui ne le fait pas ? Mais qu'est-ce qu'on peut bien faire après ça, comme chante Goldman.

Le petit est tout propre. C'est effarant au vu de la quantité de sang que l'épisiotomie a provoquée. Un ange protégé du froid et des affres de la vie. Seigneur, gardez-le propre à jamais.

Et puis on va me dire de m'asseoir et le serrer contre moi pendant qu'on s'occupe de la maman. Sa tête grosse comme une main et demie repose sur mon torse. Il a un petit bonnet blanc. Il est tout propre.

Jamais fierté ne m'a tant envahi, jamais responsabilité ne m'a tant étreint. Je suis comme les autres, rien d'exceptionnel. Mais c'est mon bonhomme, là. C'est ma vie. Et je jure en silence qu'il aura, tant que je le pourrai, toute la force d'un père dont c'est le devoir que de le guider.

Je ne sais pas si j'y arriverai, je n'en sais foutre rien. Mais, là, sur ce fauteuil, alors que ma douce me regarde et me sourit, je sais que j'essaierai.

J'essaierai.

Joyeux noël

Je vais bientôt me lever et quitter cet endroit. Me lever.

Si j'y arrive.

Il y a comme du coton sur la route pavée. Les trottoirs ne sont plus assez larges pour contenir le flux des passants. Mes yeux se lèvent de moins en moins, je préfère me concentrer sur mes pieds. Il tombe de petits flocons qui tournent au ralenti comme dans un ballet. J'entends le vacarme autour de moi mais ma bulle me protège. Cette bulle est d'acier, bien qu'invisible. Ce sont les brumes de mon cerveau qui la fabriquent. De temps à autre, le "cling" d'une pièce qui tombe dans ma gamelle me ramène à la vie et je lance un signe de tête ou un sourire de circonstance derrière ma barbe de viking. Ce remerciement ne sert strictement à rien car on lance la pièce sans me regarder. On se donne bonne conscience mais bien souvent je ne vois déjà plus que les fesses de mon généreux donateur.

Il y a des cris, des rires partout. De faux pères-noël qui ne me semblent pas très éloignés de moi dans l'apparence. Il y a des bras qui touchent le sol tant les sacs qu'ils portent sont lourds et nombreux. Ce soir, c'est réveillon. Les enfants doivent être dans un état de jubilation avancée.

Et puis, il y a moi. A mon habituel angle de rue. Une pierre parmi les pierres, comme un ornement supplémentaire à la façade du magasin. Moi qui bouge à peine plus que la façade. J'ai du vin sous ma couverture. Je ne le montre pas trop quand je mendie. On a pitié d'un mendiant mais un mendiant alcoolique ajoute cette pointe de dégout qui rend les journées moins lucratives.

Une petite fille vient placer quelques centimes dans mon bol. Elle me regarde, quelque peu sidérée de voir que je suis assis là, ses yeux m'invitant à vite regagner mon domicile au risque de me brûler les fesses. Derrière elle, ses parents arborent un regard mièvre. Ils nous observent et attendent de moi une réaction. Alors je fais un sourire à la petite avec mes dents espacées et avariées. Au moins seront-ils contents d'avoir enseigné le don de soi à leur fille.

Mais tout ça est grotesque.

Ils ne me connaissent pas.

Il fait un froid sibérien ce soir. Le père noël a décidé de livrer ses cadeaux avec le temps qui se doit d'être un 24 décembre. Mes jambes sont engourdies. J'ai particulièrement froid. Je vais devoir m'en aller. Je ne me sens pas bien. Je ne me sens jamais très bien mais là j'ai comme des ratés dans le cœur. Je n'irai pas au foyer ce soir. Il y a un type pas très sympathique depuis quelques temps. Il m'a un peu maltraité hier, j'ai même gardé un bleu sur le bras. Je n'ai pas besoin de ça. Ce n'est pas grave, j'ai ma ruelle. Mon lit à moi.

Je l'ai trouvée par hasard, un soir. Elle est entre deux petits immeubles, c'est une impasse. On se demande ce qu'elle fait là, elle ne sert même pas aux poubelles. On n'y dessine rien sur les murs, on n'y urine pas. Elle est discrète, les résidents rentrent chez eux sans la voir. Une ruelle toute propre, rien que pour moi.

Je me lève en me collant au mur au risque d'être renversé par le train grande vitesse des consommateurs effrénés. Je prends mes affaires qui tiennent toutes dans mon sac de militaire, mon bien le plus précieux, ma caravane à moi, ma roulotte. J'ai à nouveau le cœur qui dérape, alors je pose une main sur la fameuse façade pour reprendre mon souffle. Le vigil me fait un signe de tête. Je le vois du coin de l'œil. Il est sympa avec moi mais il ne faut pas dépasser les bornes. Je serre les dents et je pars. J'ai froid à m'en briser les membres.

La ruelle n'est pas si loin. J'arrive à longer les murs. Je file comme une ombre sous la nuit éclairée par tous ces filaments blancs qui virevoltent autour de moi.

Ce serait somptueux pour un esprit éveillé.

Mais je dors depuis trop longtemps.

J'accède à mon chez-moi au bout de dix minutes. Il y a ma rue qui m'attend, avec les quelques cartons que j'y ai entreposés pour que le béton soit moins rêche. Je m'assois. Je dévisse le bouchon de mon amie la vinasse et tire une rasade interminable. Le liquide pénètre mes entrailles me donnant la fausse illusion de les réchauffer alors que c'est tout le contraire. J'avale la moitié du sandwich que j'ai acheté ce midi avec l'obole des gens. Ce soir, j'ai froid. Je suis épuisé.

Je ne sais même plus si je suis triste.

Je m'allonge sur les cartons et tire la grosse couverture jusqu'au ras des yeux. La neige vient humidifier mes sourcils.

Soudain, je pense à Jérémy et cela n'arrange pas mon muscle cardiaque. J'avais une vie moi aussi, le saviez-vous les gens ? J'avais la vie de ceux qui font leurs achats ce soir.

Où es-tu Jérémy ? Où es-tu mon garçon ? Sais-tu que ton père est là ce soir, dans cet abîme ? Sais-tu que dans ses rêves il revoit son torse nu sur lequel la sage-femme a posé ta tête et ton petit corps lorsque tu sortais tout juste de celui de ta maman ? Imagines-tu son désarroi de traverser une existence comme un fou anonyme, comme un fou loin de toi ?

Ta mère m'a mis dehors, c'était un soir, le soir de trop. Tu marchais à peine. Elle a eu raison. Je ne tenais pas plus debout que toi. J'étais à plat ventre. Je ne servais plus à personne, même pas à moi-même.

Vois-tu, Jérémy, j'étais l'ombre de mon ombre, comme disait Jacques Brel.

Je t'ai cherché il y a quelques années, mais je sais que vous êtes partis. Où, aucune idée. Je vous comprends, on ne ré ouvre pas les stigmates que l'on a mis du temps à cicatriser.

J'ai cru m'en sortir. J'ai même eu un emploi, le crois-tu ? Et puis, les fourches du démon m'ont de nouveau brisé les jambes. J'ai revu dans l'inertie la solution à mon mal-être. Personne n'a pu me sauver même si je n'ai vu que peu de mains tendues. Les exclus, ça fait peur.

Je ne dois tout cela qu'à moi-même, mais ne m'en veux pas, mon garçon. Je n'étais juste pas fait pour ce monde. Ma planète à moi était sûrement dans une autre dimension, moins douloureuse, avec moins de coups. Mon cœur m'a toujours bien trop dominé, prenant le pas sur un cerveau trop peu armé pour combattre les fous.

Alors je suis devenu ce spectre.

Je tire la couverture de nouveau car elle glisse sur ma barbe. Mes yeux entrevoient le coton qui tombe des cieux. Je crois que je ne sens plus mes jambes. J'ai si froid, ce soir. J'ai l'impression de voir des volutes blanches jaillir de mon corps et monter vers le haut pour se joindre à la neige et former des ficelles entrelacées.

Mais peut-être est-ce l'alcool ?

Mes yeux se ferments. J'ai du mal à lutter. J'ai envie de laisser mon corps aller. J'aurai moins froid. Peut-être mon cœur ne tiendra-t-il pas le rythme cette nuit. Il a déjà tant lutté. La ruelle est comme allumée. Je suis seul. Je ne sais pas si je me relèverai demain. Je n'en suis vraiment pas sûr.

Je t'aime, mon petit Jérémy.

Joyeux noël.

Le premier jour

Mon appréhension est bien au-dessus de la sienne. Il a un gros bonnet sur la tête, un col qui lui effleure le bas des joues, un anorak fermé et étanche. C'est qu'il fait curieusement frais pour ce mois de septembre.

J'ai très mal dormi. La nuit m'a diffusé trop d'images derrière mes paupières closes. Je me suis levée plusieurs fois, parfois pour uriner, parfois pour ne rien faire. Le lit est si vaste, il faudra que je songe à en changer. Depuis qu'il n'est plus là, il s'est transformé en un paquebot froid et austère que la houle vient perturber.

Il a décidé de partir et j'ai songé que c'était là la seule issue, comme une bouée à la mer. Noa est avec moi. Il n'était pas question qu'il me quitte car il est le fruit de mes entrailles. J'ai eu de la chance, il n'a pas trop insisté. Il faudra bien qu'il joue son rôle de père quelques jours ci et là, il le faudra bien, mais Noa reste avec moi.

Son absence aurait transformé mon paquebot de nuit en un tombeau à ciel ouvert et je n'aurais pas survécu. Je lui ai dit, les yeux emplis de larmes, devenues monnaie courante, mais je pense que tout en moi respirait la sincérité quand je le suppliais de ne pas me prendre mon petit garçon la moitié du temps de mes journées interminables.

Je n'ai pas d'emploi, j'en cherche un et je sais que le temps m'est compté, je ne tiendrai pas longtemps. Mon porte-monnaie me susurre déjà à l'oreille qu'il est au bord du précipice. Il faudra bien que j'assume si je veux Noa.

J'ai enfilé un jean, je ne suis pas très bien coiffée et pas une ombre de mascara n'est posée sur mon visage ce matin. Mes mains tremblent un peu et je me réprimande en silence. Je tente de rendre la situation pragmatique, calme et cartésienne. Mais je suis seule et j'appréhende le silence à venir.

Noa me regarde, il saute comme une puce. Il est éblouissant de beauté, mon petit bonhomme. Il a les grands yeux bleus du papa parti, ces yeux qui m'ont fait fondre quelques années auparavant. Il me tire par la manche car il est impatient de plonger dans l'inconnu. Pas moi. Moi j'ai peur de l'inconnu justement et je crois que je ne tiendrai pas les rames suffisamment fort pour que la chaloupe ne se renverse pas. Mais mon fils ne m'appartient pas. Comme disait maman avant de partir trop tôt, Dieu qu'elle me manque aujourd'hui, « un enfant ne nous appartient que pendant qu'on le porte ». Le jour même de sa délivrance il commence à laisser des bouts de lui dans le monde qui l'entoure.

Je sais que je ne suis pas la seule ce matin à trembler. Mais j'ai des raisons supplémentaires d'être angoissée. J'aurais aimé que son père nous accompagne. Mais il a refusé, ne souhaitant pas donner la fausse illusion d'un couple qui n'est plus. J'ai trouvé ça stupide mais je n'ai pas envie de lutter, d'autant qu'il me laisse mon bébé.

Nous partons tous les deux, j'ai harnaché le petit sur son siège. Il me regarde avec un gros sourire dans le rétro et mon cœur se serre. Mes yeux se posent sur la façade du pavillon et je panique à l'idée de revenir ici tout à l'heure.

Seule.

Nous arrivons, il y a déjà plein de monde. Il y a plus de bisous que d'habitude. A mon avis, plus que n'importe quel autre jour de l'année. Comme si on allait les laisser en garde au cerbère. Comme si on allait les récupérer modifiés, métamorphosés.

Comme si on risquait notre vie et eux la leur.

Certaines ont les yeux un peu rouges, on sent que ce n'est pas aussi simple que d'acheter une baguette. On sent qu'elles officialisent l'idée qu'elles ne seront plus jamais les uniques éducatrices de leurs chérubins.

Que plus jamais, ils n'auront plus besoin que d'elles mais bien d'ailes.

Moi, je suis pétrifiée au-dedans. Je jalouse ces couples enlacés qui regardent leur progéniture en souriant. Je maudis le système qui me renvoie à ma solitude et me prend mon petit. Noa se colle à mes jambes, pour ne rien arranger. Je prie intérieurement pour qu'il ne pleure pas car je risque de l'arracher à ce fameux système et de m'évader avec lui.

Je le raisonne car une partie de moi sait que c'est la seule solution. Il entre dans le manège sans fin, celui de la vie, avec ses grands huit, ses maisons hantées. Et moi je dois lui lâcher la main.

Il est à peu près tout pour moi et je sais qu'elles ressentent la même chose.

Mais moi, je le sens tout au fond de mon cœur de gamine, tout au fond, il est comme un battement de plus à mes veines.

Nous sommes dans la cour. Il y a des paroles pleines de bon sens de la directrice. J'avoue que je n'écoute pas trop. Je regarde Noa en permanence. Il se colle à moi. Je me colle à lui.

Le temps passe, interminable, et je souhaite abréger le supplice. Enfin son nom est prononcé. Mon cœur se met à pulser avec violence.

Le moment est venu.

Nous montons ensemble les quelques marches. Il ne me lâche pas la cuisse droite. J'ai plein de sourires autour de moi, de la bienveillance, de la compréhension. Mais tous ces gens ont leur propre vie et leurs masques sont de circonstance. Je lui quitte son anorak, son bonnet et lui montre son portemanteau. Il jette un œil rapide mais observe déjà les autres petits qui s'agglutinent dans l'autre pièce. Il y a des pleurs, des cris. Il y a de grosses marques de doigts sur les cous des mamans parce que l'idée de les laisser est devenue insupportable.

Noa reste très calme. Il me surprend par sa maturité. Il faut dire que des larmes, des cris, il en a absorbé un certain nombre ces derniers mois. Je m'étais pourtant juré de ne jamais lui faire vivre ça. Mais les principes volent en éclat quand vous êtes au bord de la falaise.

Je m'agenouille devant lui. Il me regarde. Ses yeux mangent la moitié de son visage. Il me serre soudain, avec force, mais sans pleurer. Je plonge mon visage dans ses cheveux et je profite de l'instant. Puis, il me repousse, rejoint la salle de classe et se retourne.

—Au r'voir, Maman.

—Ça a l'air de bien se passer, dit une voix derrière moi. Je pense que vous pouvez y aller, inutile de tenter le diable.

Je me redresse. Une des maîtresses me sourit. Je lui rends bien volontiers et acquiesce.

Sans dire un mot.

Un nœud de marin enserre ma gorge et rend ma respiration moins fluide. Je tends le cou pour apercevoir Noa. Il est au fond, il a déjà un camion dans la main. Il adore les camions. Il me refait un petit signe et se recentre sur les jouets.

Ça y est. J'ai disparu de son cercle. Il a commencé à marquer le monde autour de lui. Il va prendre conscience qu'il peut faire des choix tout seul, sans sa maman. Prendre des décisions, si infimes soient-elles, sans chercher l'accord dans mon regard. Il va se mettre à grandir parmi ces inconnus, se forgeant les contours de celui qu'il sera un jour. De ce qu'il pourra ou non donner autour de lui. De la bienveillance dont il pourra faire preuve, cette sacrée bienveillance que je m'évertuerai à lui enseigner comme l'ont fait avec moi mes propres parents.

Il n'a pas un départ lancé. Il n'aura parfois qu'un pied de chaise pour s'asseoir quand d'autres ont des fauteuils. Mais je lui apprendrai à tenir en équilibre, en tout cas j'essaierai.

Je quitte l'école sans parler à qui que ce soit. Je n'en ai pas envie et ne connais pas grand monde. C'est sa première rentrée.

Certains me trouveront déplacée, idiote, en faisant des tonnes. Mais mon petit bout m'a quittée ce matin. Il me laisse seule. Qui me demandera de jouer avec lui, sur le tapis du salon ? Qui plissera les commissures de mes lèvres quand son rire vrille dans la maison ? Qui m'accompagnera pour acheter mon pain ? Qui me demandera de regarder son dessin animé préféré vers dix heures du matin ?

Alors, oui on me trouvera idiote, déplacée. Parce que la journée passe vite. Parce qu'on s'habitue. Parce que c'est la vie, hein. C'est la vie. Mais moi, je n'ai que faire de ces commentaires. Je suis seule aujourd'hui. Plus seule que jamais. Mon petit s'envole. Il a commencé à défaire les premiers pans de son nid d'oiseau. Et moi, je ne peux que le regarder faire.

Je rejoins ma voiture. Je suis prise d'un sanglot idiot et déplacé, vous avez sûrement raison.

Je ne rentrerai pas. Pas tout de suite.

Bonne journée, mon petit chou. Mon petit chéri.

Maman t'aime.

Le clignotant

Cette fois, le ciel est devenu sombre. J'ai du mal à discerner la route entre les gouttes.

Visite de contrôle. Il ne pouvait pas être avec moi. Le boulot.

Je dois me dépêcher car les enfants ne sont pas loin de sortir de l'école.

Il pleut à torrents à l'extérieur et à l'intérieur de la voiture. Mes larmes inondent mes joues. Je n'arrête pas de renifler, gémir et tousser. Je dois avouer que j'ai envie de ne pas mettre le clignotant. Ce soir, j'ai envie de continuer tout droit, seule dans mon véhicule, ne pas bifurquer, ne pas reprendre ma vie quotidienne. Cette vie-là n'est plus, chers amis, cette vie-là sent la mort.

« Ce n'est pas fameux » m'a dit le type en blouse blanche dont les poils de la poitrine remontaient jusqu'au cou. Je me suis dit qu'il était comme ces mecs en cuisine qui te préparent le hamburger que tu manges en oubliant qu'ils ont les cheveux gras. Il l'a dit en me regardant brièvement au-dessus de ses lunettes rondes, numéro de plus dans la liste de la semaine.

Il faudra qu'il passe à Monsieur Dupont juste après, voyez-vous. On est là pour mettre le protocole en place, on n'a pas le temps de vous embrasser sur la joue.

Le protocole, je le connais par cœur. Je l'ai déjà subi. J'ai serré les dents plein de fois, entre nausées, vomissements et vraies douleurs. J'ai esquissé des sourires de façades pour que mes enfants croient que j'allais bien. J'ai ironisé sur ma tête en boule de billard, moi pour qui les cheveux sont la base de la féminité. J'ai combattu avec force le crabe fourbe qui avait envie de grignoter mes cellules une à une jusqu'à ce que je me fonde en les éléments et disparaisse à jamais. J'y suis parvenue, tenace, courageuse, provoquant l'admiration de tous. Je me suis surprise à dépasser les limites de mes limites. J'ai gagné.

Mais la guerre est de nouveau déclarée et quand l'armistice est rompu dans ce contexte, c'est souvent l'adversaire qui la gagne.

Il a été laconique, le toubib. La voix atone et douce, linéaire, comme si ça faisait moins mal de chuchoter. Un numéro de plus.

Je connais les statistiques. Je m'y suis confrontée, j'ai beaucoup parlé, beaucoup lu. Je sais ce que je risque.

Et « ce n'est pas fameux. »

Là, je suis derrière mon pare-brise. J'ai arrêté la voiture sur un petit parking en bord de route. Les essuie-glaces dansent leur ballet. Et moi je regarde les vitres floutées. Je suis prise de sanglots interminables.

Bien sûr, le monde entier est coupable de ce qui m'arrive. Bien sûr c'est intolérable, pourquoi moi ? Bien sûr, le monde entier s'en fout. Je ne sais pas si j'arriverai à reprendre les armes. Sincèrement, mon armure est fendue à trop d'endroits. Mes enfants ont colmaté ses brèches par les caresses et les sourires qu'ils m'ont toujours prodigués.

J'entends déjà le refrain : « Il faut te battre pour eux ». Oui. Mais en ai-je envie ? En ai-je juste la force ? Que celui qui n'est jamais passé pieds nus sur les braises comprenne ce que vit le fakir.

Je suis épuisée. Malheureuse.

Et je vais peut-être mourir.

Le portable vibre et je le prends dans une main que j'ai du mal à contrôler. Il m'écrit « Rentre bien. Bisous aux enfants ». Que va-t-il dire cette fois ? Sera-t-il encore là à maintenir mes épaules quand je tenterai d'évacuer le mal, agenouillée devant la cuvette des toilettes? Verrai-je encore dans son regard la fausse indifférence de ne plus pouvoir passer ses mains dans mes cheveux ? Pourra-t-il encore organiser son rythme pour se coller au mien, entre hôpital et repos forcé ?

Pourrons-nous continuer la route, survivrons-nous ?

Une terreur sourde s'empare de moi au moment de devoir leur dire que tout est reparti, que j'ai repris un ticket sur le manège des abysses. Je n'ai pas envie de ça.

Je n'ai pas envie.

Le clignotant fait un bruit de marteau dans mes tempes. Il éclaire par intermittence la route sur la gauche, celle qui mène à l'école où m'attendent Paul et Julia. Mes mains sont crispées comme les griffes d'un aigle et l'envie délirante me prend de couper le clignotant.

J'irai tout droit ce soir.

Je ne sais où, mais j'irai tout droit.

Le pain quotidien

Je suis dans ma voiture, il caille. Elle met toujours une plombe à chauffer le matin. Pourtant je l'ai démarrée un peu à l'avance pour qu'elle ait le temps de dégivrer le pare-brise, ce que Madame a daigné faire. Faut dire qu'elle démarre de moins en moins bien. Sauf que ce n'est pas vraiment le moment qu'elle tombe en panne. Sinon je louerai une trottinette.

J'ai déposé la petite à l'école tout à l'heure comme chaque immuable matin. Comme chaque immuable matin, la dame qui fait traverser les gosses sur le passage piéton m'a fait un signe de la main, que je lui ai rendu, bien entendu, sans pourtant me soucier de ce qui pourrait bien lui arriver au cours de la journée.

La journée des masques a démarré, j'ai mis le mien.

J'ai fait un bisou à ma fille, elle s'est retournée avec sa copine de huit ans ou à peu près et elle m'ont fait un « dab » ? Enfin je crois qu'on dit comme ça. Ça a eu le mérite de me faire rire parce que je trouvais que ça ne leur allait pas trop. C'est plutôt quand les boutons d'acné arrivent que le geste est adapté, enfin de ce que j'en aperçois çà et là sur les réseaux sociaux.

Il fait froid, on est en hiver, je suis en retard. Mon mari me fait un sms dans lequel il me dit de prendre du pain en rentrant ce soir.

Il n'aura pas le temps, lui, parce qu'il est trop occupé, trop de travail, il rentrera tard, il faudra que je m'occupe de la petite, que je la couche, que je lui fasse couler son bain, la nourrisse, lui fasse faire ses devoirs, me démaquille, prépare à manger pour quand il rentrera, et que j'aurai déjà la tête dans mes fesses ou presque, et que la série qui passe depuis près de dix ans me dira d'une façon différente de celle de la semaine dernière comment le meurtrier a trucidé une famille entière.

Je lui réponds un platonique « ok ».

Je ne suis pas (plus) trop dans l'envie de me dépasser. Les années ont terni le vernis, raboté les angles de mon enthousiasme. L'amour s'est mué en affection, ah l'affection ! C'est si beau l'affection. Mais moi, je suis encore jeune. J'ai encore le feu au bas du ventre, l'envie qu'on me passe une main puissante dans les cheveux pour mieux m'embrasser avec la fougue d'un gamin de vingt ans. Mais la fougue a cédé la place à la mécanique du cœur et à un automatisme aseptisé des caresses.

Refus de priorité : coup de klaxon, suivi d'un tonitruant « connard » que seules les vitres de ma voiture peuvent entendre. Je lui fais un doigt d'honneur, tout ce qui a de plus féminin. L'œil rond que le vieux me renvoie depuis son volant me fait pouffer de rire toute seule alors que je poursuis mon chemin.

Nouveau sms : « On ouvre dans dix minutes, tu es où ? »

Il vient de ma charmante responsable, Madame la chef, qui n'a pas de conjoint ni d'enfant, qui, comme elle aime à le répéter, s'est investie corps et âmes dans son métier. Tout ça pour diriger quatre personnes au rayon luxe d'une grande enseigne. Cette femme n'a rien d'empathique, c'est une coquille vide d'affect. Elle n'a pas encore compris que nous étions payées à peu près au smic avec un peu de beurre en fin d'année si l'enseigne s'est grassement enrichie. Que par conséquent nos ambitions et proactivité trouvaient au mieux pour écho chez nous un professionnalisme froid.

Ce n'est déjà pas si mal au smic. Mais elle pense souvent diriger une multinationale puisqu'elle évolue toute la journée à travers des marques que le pauvre type de l'immeuble de quartier n'aura l'occasion de voir qu'à la télé.

Quand j'arrive, après m'être garée sans mettre de tickets de parcmètre (je prends le risque sinon je rabote ma paye d'une quinzaine d'euros par jour), je reçois le regard noir de Jocelyne. Elle me fait penser à Schwarzenegger, heureusement que je ne m'appelle pas Sarah Connor sinon un coup de silencieux et ma fille est orpheline de mère. Je fais celle qui ne voit rien, je file enfiler ma jolie tenue et mes talons aiguille parce qu'il faut que je sois chic. C'est bien le seul avantage de ce foutu métier. Au moins, mon mari me trouve-t-il élégante quand je pars et quand je rentre. Il ne me le dit plus depuis bien longtemps ou alors une fois par an quand il se dit que la cocotte-minute a trop longtemps été posée sur le bec à gaz et que le risque d'explosion est élevé.

Et la journée va se dérouler jusqu'à ce que mes tempes bourdonnent. Quelques guindées auront raison de moi aujourd'hui et je suis obligée de constater que les plus modestes sont souvent les plus aimables. Le sourire ne quittera pas mon visage même si la fatigue est là, même si j'ai une irrépressible envie d'hurler que telle ou telle cliente me tape sur le système avec telle ou telle réclamation ou exigence saugrenue.

Aujourd'hui, je suis vraiment à plat. Aujourd'hui j'ai l'impression qu'un train m'a roulé dessus. Je suis fatiguée et triste. Je vais dans les toilettes et je lâche deux trois sanglots.

Vite fait, juste pour que la cage thoracique évacue.

Je me regarde et je gomme au mieux la coulure légère qui est partie depuis le coin de mon œil droit. Il faut être nickel. On travaille pour de grandes, marques, hein, Jocelyne ?

Je vais tenir jusqu'à 18h15. Et puis, je file. Je mets mes baskets parce que les talons c'est l'enfer pour marcher au centre-ville sur ces damnés pavés qui font bien joli et tout et tout mais j'ai maudit la mairie plus d'une fois pour m'avoir cassé les chevilles.

J'arrive en soufflant et puis je le vois de loin. Un rictus transperce mon visage comme une lame. Il est là, le petit papillon, fort reconnaissable, portant le sceau infernal de nos amis du fisc. Cette fois, le gentil contractuel a préféré ma rue et vient m'amputer une partie de mon maigre tribut. Je rage et je peste et je maugrée. Je l'arrache presque en le retirant de l'essuie-glace et le balance par terre devant le siège avant, comme si la moquette pouvait l'avaler par magie.

Et je file, je frôle les autres voitures. Je manque un accrochage, mon cœur s'accélère mais ça passe. Je gare la voiture pas loin de la garderie périscolaire, je cours jusqu'à la boulangerie qui ferme. J'ai de la chance, il reste une baguette sur l'étagère. Et je ressors, je cours vers l'école.

Il ne reste plus que deux enfants dont ma petite Laura. Comme toujours. Et encore, ce n'est pas la dernière ce soir. Elle court vers moi, m'enlace, je me penche et je l'embrasse, sentant enfin l'arôme du shampoing que je lui achète, cette douce odeur qui vaut tous les parfums que je vends tous les jours.

Laura monte à l'arrière et je lui demande de se presser. Le sourire que je lui ai envoyé en arrivant à l'école est comme toujours éphémère comme un flash, le temps que l'organisation de ma soirée reprenne le dessus.

J'ai un timing à tenir. Et je conduis en silence sur les quelques centaines de mètres qui nous séparent de la maison.

Laura regarde par la fenêtre à l'arrière. Je lui jette un coup d'œil par le rétro. Son petit visage est calme mais elle aussi a des cernes. Le rythme est élevé pour ma pitchoune. Comme souvent, j'en prends conscience à ce moment précis et mon cœur est serré par l'étau de la culpabilité. Mais je n'ai pas le choix. Aucune autre alternative ne s'offre à moi.

Nous rentrons, je l'aide à faire ses devoirs : vingt minutes. Je prépare le repas pour nous et mon mari qui rentrera plus tard : vingt minutes. Nous dinons : vingt minutes. Je débarrasse, range dans le lave-vaisselle, fait couler le bain pour Laura. Je lui parle un peu même si elle se débrouille fort bien seule maintenant, mais elle est en demande, elle a besoin d'échanges, et même si j'aimerais ne parler à personne aujourd'hui, c'est ma jolie petite fille et elle le mérite et au fond, c'est ma dernière lueur de jour. Trente minutes de plus.

Je lui mets un petit dessin animé, je file prendre une douche, je mets mon gros pyjama, celui que mon mari exècre, je le vois bien, je le sens bien, puisque mon mari aimerait me voir en porte-jarretelles chaque soir quand il rentre du boulot, que je me jette sur lui, lui arrache sa chemise et que je lui demande de me prendre violemment sur la table de la cuisine.

Ça ne marche pas comme ça. Mais pour les hommes, si. Enfin, pour beaucoup.

Il est déjà 20h30 et Laura doit se coucher, j'y tiens, elle en a besoin. Petite histoire à deux, sur le côté du lit. Elle me regarde, me sourit, il y a des fossettes, il y a de petits rires quand je la chatouille. Ma vie est là, devant moi, il faut vite m'en rendre compte. Et puis, j'éteins, non sans qu'elle se soit plainte de ne pas voir son père à nouveau et je lui explique pour la millième fois que c'est normal, que papa doit travailler, il le faut bien.

J'éteins, je laisse sa porte entrouverte, je me mets dans le canapé, j'allume la télé et je laisse aller ma tête en arrière. Une larme vient rouler sur ma joue. Je pousse un petit gémissement.

Et puis, la série m'emporte, au moins je cesse de penser. Je la regarde un peu. Mais je suis fatiguée ce soir alors mes yeux se ferment.

Vers 22h, Vincent entre enfin. Il n'a pas une jolie tête, ma foi. Son « bonsoir » est teinté d'amertume. Au moins n'exigera-t-il pas mes faveurs et c'est tant mieux car je n'en ai pas le ressort. Il mange en silence, on échange deux trois mots d'une confondante banalité, lui assis à la table de la cuisine, moi dans mon canapé, avec mon gros pyjama.

Et puis, il débarrasse ses couverts et vient s'asseoir près de moi. Je sens bien qu'il n'est pas en forme mais je n'ai pas la force de le remettre sur pieds. Il me regarde sans rien dire, puis, ce qui n'est pas si fréquent, ouvre son bras pour m'inviter contre lui.

Je pose ma tête sur son torse. On ne dit rien. Il me caresse les cheveux. Et comme toujours, je me dis que nous avons peut-être de la chance de s'avoir l'un à l'autre, malgré tout ? La route n'est-elle pas plus sombre et escarpée encore quand on est seule dans la montagne ?

Je ferme les yeux et je sens que je vais m'assoupir dans peu de temps. Il le faut, d'ailleurs.

Demain, est un autre jour.

Le plus beau jour de ma vie

Je me regarde une dernière fois dans le miroir étroit de ma petite chambre, la pièce que j'ai occupée toute ma vie de gamine, quand maman me faisait des tresses le soir, après l'école. Les neuf ou dix mètres carrés qui étaient mon univers quand je touchais du bout des doigts mes poupées auxquelles je parlais pendant des heures et qui vivaient ma vie par procuration. L'une d'entre elles surtout était plus qu'une poupée. C'était mon amie. La plus grande confidente pour mes petites oreilles que je protégeais ainsi du tumulte venant des pièces à côté.

Je n'ai pas eu une tendre enfance. Papa n'était pas violent au sens propre du terme mais son comportement n'avait rien de structurant pour moi. Lui aussi avait une meilleure amie mais elle tenait dans la boite à gants de sa voiture. Il en dévissait le bouchon pour mieux en absorber le liquide couleur ambre. Ce liquide, je l'ai vu de mes yeux, à plusieurs reprises, couler à gorgées pleines et inonder sa glotte, jusqu'à rejaillir en petits ruisseaux aux commissures de ses lèvres. Il tournait alors le visage vers moi, les yeux perdus dans un monde de poussière d'âme.

Quand l'ébriété ne faisait que débuter, je voyais alors une tristesse infinie poindre dans son regard avec la détresse sourde d'un homme qui sombre. Mais quand les trois-quarts de la bouteille n'étaient plus, alors il me cherchait désespérément mais son zoom optique ne captait que le plafond ou les murs qui m'entouraient.

Comme tous les enfants, j'ai vite appris à composer avec l'anormalité. On aime toujours ses parents quand on est petit.

Comme un chien qui accepte le bâton de son maître.

Maman a mis son cœur par terre pour me protéger. Dieu que cette femme s'est sacrifiée pour moi, se reniant elle-même pour me faire voir les arcs en ciel invisibles qui peignaient le plafond au-dessus de mon lit. Je l'ai tant entendu pleurer. Tant de fois s'est-elle promis de fuir, m'emportant sous le bras.

Mais elle aimait vraiment papa. Ça peut paraître insensé, mais elle l'aimait vraiment. Il ne lui avait jamais manqué de respect. Il l'aimait aussi, lui. C'est sûr. C'est juste que le sol tel qu'il existe sous nos pieds lui apparaissait trop dur. Papa faisait partie de ces gens qui n'arrivent pas à être heureux. C'est tout. Parfois, il ne faut pas chercher plus loin. Alors pour parfaire ce malheur permanent, il s'est enroulé autour d'un arbre, non loin de notre domicile, un soir où il rentrait.

Et le croirez-vous ? Il n'était pas ivre. Non. De ce qu'on nous a raconté, il avait voulu éviter un chat.

Bête à pleurer, non ?

La vie qui s'ensuivit - je n'avais alors que 11 ans - ne fut pas très rose pour autant. Maman fut vite dans la difficulté financière. Elle était malheureuse qu'il ne soit plus là, et curieusement, elle était comme perdue. Comme si on s'habitue à souffrir. C'est con, non ?

Mais ma mère voulait donner un sens à la vie de sa fille, comme un pied-de-nez à la vacuité de sa propre existence. Alors, elle s'est démenée, multipliant les petits boulots, me rendant autonome à la vitesse de la lumière pour que je puisse me débrouiller quand elle rentrait tard. Ce bout de femme a généré chez moi une admiration sans bornes et je crois pouvoir affirmer que personne à mes yeux ne l'a dépassée sur ce registre.

Je suis en train de regarder le décolleté de dentelle blanche qui me surplombe la poitrine. Les yeux me brûlent déjà. Je crois que je ne réalise pas tout à fait. La robe est ample sur le bas, et j'ai une traine derrière moi. J'ai trop aimé les princesses pour ne pas en être une ce jour. Je baisse les yeux sur mes bras. Les manches brodées s'arrêtent au commencement du poignet. Les petites perles qui les parsèment scintillent dans mon iris.

On frappe. C'est maman. Nous sommes toutes les deux. Personne d'autre. Je suis fille unique. Elle ne s'est jamais remariée.

Des fois, nos cœurs sont trop sensibles pour les remettre dans d'autres mains.

J'ouvre la porte doucement. Elle est de l'autre côté, avec son petit tailleur crème que j'ai choisi avec elle. En promotion, parce qu'elle n'est pas riche. Ses deux mains se croisent devant sa bouche. J'entends un sanglot retenu. Ses épaules se soulèvent et les larmes comment à faire couler le maquillage. Elle s'avance vers moi, ouvre les bras et me serre contre elle. Je la surplombe d'une tête. Je plonge mon nez dans ses cheveux et je la serre plus fort que jamais.

—Tu es si belle, ma princesse, me dit-elle.

Je pleure aussi. C'est ma vie qui change et la sienne avec. Je ne vis plus avec elle depuis deux ans, mais ce n'est pas pareil. Là, j'officialise. Je m'envole vraiment.

Nous restons cinq bonnes minutes à sangloter toutes les deux. Il n'y a pas un bruit. Je sais déjà que cet instant sera parmi les plus forts de cette journée.

Il faudra dix minutes pour nous reconditionner.

Nous sortons de l'appartement et une jolie berline nous attend en bas. Maman a mis les trois-quarts de son épargne dans cette journée pour m'aider. Elle a insisté, même si pour moi certaines choses étaient superflues. Il y a un des voisins de ma mère qui la regarde et lui serre le bras en lui souhaitant une belle journée. Elle le remercie et nous partons.

L'arrivée à l'église étreint mon cœur. Mes pulsations sont à leur paroxysme. Il y a déjà plein de monde qui attend au pied des marches. Je reconnais des cousins. Des amis. Oh, ce ne sera pas la réception de Lady Di, j'ai peu de connaissances. Il y a des gens qui comptent et d'autres moins.

Quand la voiture stoppe, ma mère sort en premier pour m'ouvrir la porte. D'un seul coup des bruits inondent mes oreilles, des cris, des exclamations. Je passe du silence au vacarme. Un petit garçon court et stoppe net, ses grands yeux relevés vers moi. C'est le fils de ma cousine préférée, Anthony. Il me dit :

—Oh, t'es belle, Sandra.

Je lui caresse la joue. Je regarde partout, tout le monde vient vers moi. On m'embrasse, on me parle, on me serre. Je suis le centre de tout, aujourd'hui. J'ai un tambourin entre les côtes qui ne cesse pas.

Le prêtre s'avance aussi et me demande de le suivre. Mon futur époux est déjà là, près de l'autel, il m'attend. C'est mon grand-père qui me conduit. Le père de mon père. Et quand je le vois, ses yeux taisent leur souffrance de devoir assumer cette tâche à la place de son propre fils. Je le serre longuement, je pleure de nouveau. Il m'embrasse de sa joue rugueuse et me caresse le visage sans rien dire.

C'est un taiseux, papi. De ceux qui ne parlent qu'à bon escient.

Alors nous avançons bientôt au rythme de la musique bien connue. Il y a des fleurs au bord de chaque allée, autour de l'autel. Il y a beaucoup de monde dans la petite église. Au bout là-bas, il y a mon homme qui me regarde arriver. Ses yeux papillonnent d'émotion. C'est un sensible, Nicolas. Il est beau comme un dieu grec aujourd'hui. Je me dis que j'aimerais bien qu'il s'habille comme ça tous les jours. Ça me fait sourire intérieurement.

Mes jambes flageolent un peu, en plus j'ai une frousse monstre que ma traine se prenne quelque part et que je parte en arrière. Ça serait drôle, mais pas forcément pour moi.

Je ne suis plus très loin et puis sur la droite il y a mon témoin, Caroline. Mon amie de toujours, la sœur que je n'ai pas eue. Les amis vont et viennent. Ils se font et se défont. Et puis, il y a la charpente. Fidèle, immuable. Caroline c'est ma charpente. Alors je m'arrête et elle me serre dans ses bras. Elle est toute mignonne aujourd'hui, elle qui se sous-estime tout le temps. Qu'est-ce qu'elle peut pleurer. Elle a les yeux tout rouges déjà. Le comble, il faut que la console.

Et puis, elle me laisse filer.

J'arrive devant Nico. Il y a une larme qui roule doucement sur sa joue droite. Il ne l'essuie pas, je crois qu'il ne peut pas. Il a des défauts, évidemment. Mais une de ses grosses qualités est de ne pas renier sa fragilité. Il s'en fiche. Il n'a jamais eu peur de pleurer devant moi parce que Jack ne s'en sort pas quand le Titanic sombre ou quand Schindler s'écroule devant ses juifs, comprenant l'ampleur du désastre. C'est aussi pour ça que je me lie à lui aujourd'hui.

Forcément j'ai envie de me plaquer contre lui et de pleurer un bon coup, ça fera peut-être redescendre mon rythme cardiaque. Mais je ne peux pas. Il y a du monde, un cérémonial. Un mariage à faire. On se tient les mains et on se regarde. On n'est peut-être pas si sûrs de nous ? Qui l'est ? Il faut bien essayer. Quand on a l'impression que c'est bon, autant prendre l'autoroute, on ne va pas rester garés tout le temps.

Toute la cérémonie se déroule dans un semi silence qui me déplaît parce que moi j'aurais bien vu un gospel. Mais c'est comme ça, il y a des normes à respecter.

Il y a trop d'émotions pour moi aujourd'hui. Les musiques que l'on a choisies tous les deux sont lourdes de sens et me laissent les yeux humides à chaque fois. Je cherche souvent du regard mes points de repères émotifs dont ma mère est le premier, bien sûr. Elle est en larmes.

Elle réalise.

Je lui lance des sourires en coin pour qu'elle soit heureuse. Mais sa petite fille s'en va, voyez-vous. Sa petite fille n'est plus.

Je suis avec attention les mots du prêtre car je sens que mon cerveau pourrait vite ne plus enregistrer tout ce qu'il faut. Du monde se succède à la tribune pour réciter des textes plus ou moins religieux. Certains mots viennent frapper l'intérieur de mes artères et me bouleversent.

Et puis papi le taiseux a prévu un texte aussi. Maman ne me l'avait pas dit. Je regarde Nicolas qui me fait un petit sourire. Je pense que c'est lui qui a manigancé ça.

Papi n'est pas à l'aise, forcément. Il a les mains qui tremblent un peu. C'est un petit papier, il n'y en a pas pour longtemps. Un petit texte religieux.

Il commence, la voix est peu assurée. Et puis il me regarde et je lui souris de toutes mes dents. Au détour d'une phrase, je l'entends prononcer le prénom de mon père. Distinctement.

« On pense à toi », murmure-t-il plus qu'il ne le prononce à voix haute.

Cette fois, je m'effondre. Les larmes coulent sans s'arrêter. Je vais être affreuse. Nicolas me serre la main très fort. Je le regarde et il me dit qu'il m'aime tout bas.

Je réalise que papa me manque aujourd'hui. Il me manquera toute ma vie, dans tous mes moments importants. Et à cet instant, toutes les souffrances infligées ne sont plus. Toutes ces entailles sont refermées.

Seule subsiste la tristesse de son absence.

Et puis papi a fini et il me serre à nouveau dans ses bras en passant près de moi. On est hors protocole à mon avis mais on s'en moque éperdument.

Les anneaux sont passés.

On signe.

On s'embrasse.

On se dit nos vœux réciproques, nos engagements.

On est heureux aujourd'hui.

La fête est belle. Je suis la star absolue. Tous les regards sont sur moi. Quand je danse, quand je ris, quand je pleure. Je n'en finis plus de poser pour les photos mais je suis inondée de bonheur alors je m'en fiche.

C'est un tourbillon intemporel, c'est un cataclysme d'émotions, c'est la sensation d'intégrer une caste. Nicolas est si sensible ce soir. J'aimerais tant qu'il soit sensible comme ça toute notre vie mais je sais que cet espoir est vain.

Les minutes se mangent les unes les autres à la vitesse d'une comète. C'est presque effarée que je constate les premiers départs des convives. La nuit se termine déjà. Il n'y aura pas de lendemain. Peut-être un petit repas entre proches, mais pas plus. Je prends conscience que cela est déjà fini. Ma journée est presque achevée. Je suis partagée entre joie et tristesse que cela ne dure pas plus longtemps. Entre fatigue et énergie.

Pour la première fois, je me retrouve seule à table. Les autres dansent encore. Nicolas fait le fou avec ses amis. Je porte une coupe à mes lèvres. Je regarde au fond de la salle. Maman discute avec sa sœur.

Mon père n'est pas à ses côtés et je me dis que je commets peut-être une erreur majeure. J'aimerais dessiner au fusain les jours qui viennent et qu'ils se déroulent exactement comme je les ai projetés. Mais les traits de mes croquis s'effaceront en partie ou même totalement. Je n'ai aucun moyen de les figer. Je le sais.

J'en suis consciente.

Mais je m'en moque aujourd'hui. Car il faut bien vivre. Il faut bien avancer. Il faut bien aimer. Et cette journée est la mienne.

Pour le reste, nous verrons bien.

Pardonnez-moi d'être égoïste

Je suis devant cet homme qui me regarde de façon intermittente. Ses yeux balaient le décor et se posent sur moi comme une mouche qui revient à l'assaut après qu'on l'ait chassée de la main des dizaines de fois.

Le bureau est surchauffé. Je me demande comment il peut tenir dans ce four. Des auréoles sous les bras me démontrent que le sauna, pour lui aussi, est à la limite du supportable. Il faut dire que le bureau est au premier étage de ce bâtiment en tôles. Somme toute logique pour un mois de juillet.

Comme cela m'est arrivé plus d'une dizaine de fois sur ces deux dernières années, je sens bien que les enjeux ne sont pas les mêmes pour les deux interlocuteurs. Je suis un numéro de plus pour lui, peut-être même un dossier à traiter pour se donner bonne conscience.

Pour moi, l'enjeu va au-delà.

Bien au-delà.

J'ai cinquante et un ans. Je croyais que je terminerais ma carrière dans l'entreprise qui m'avait tout donné depuis trente années. Je lui avais beaucoup donné aussi, ceci dit. Mais un jour il y a eu une réunion avec nos amis représentants syndicaux qui se sont entendus dire qu'on allait devoir chercher du travail. L'entreprise avait mal tourné. On n'était même pas dans le cas d'une restructuration. Non, là, la boîte perdait de l'argent. Vraiment. On en a voulu à plein de monde, on a jeté l'opprobre sur les dirigeants.

Certains de mes collègues ont même cassé des choses dans les locaux qu'ils avaient fréquenté une vie entière. Moi, jamais. J'ai plutôt regardé en silence, pétri d'une angoisse sourde que j'ai tue à mes proches. Mon estomac a barbouillé d'acide mes entrailles tellement de matins. J'ai eu tant de nuit où des miroirs imaginaires, derrière mes paupières closes, m'ont renvoyé la vacuité de mon existence.

Mon inutilité. Ma nouvelle inutilité.

Un chèque a accompagné notre mise au rebut. Il était bien fin, le chèque. Plus de sous dans les caisses. On s'est mis en rang, on est sortis tête basse. J'ai vu des yeux inondés de larmes, des regards désespérés. J'ai vu des têtes résignées. Et moi, dans ce cortège macabre, triste fantôme aux bruyantes chaines, j'ai commencé à regarder le cours de ma vie m'emporter, comme un fleuve pénètre une ville.

A l'âge que j'ai, j'aurais pu hausser les épaules. Me dire : mes enfants sont grands. J'ai un petit matelas. Notre ami du Grand Pôle, comme je le nomme en silence, m'aidera quelques temps. Mais je suis le chef de famille. Ils ont toujours compté sur moi. Ma femme et mes enfants ont d'ailleurs eu un rictus qui hante depuis chacune de mes minutes. Un rictus sur lequel se peignait en lettres grasses : « Comment allons-nous faire ? »

Depuis lors, j'ai cherché comme jamais je n'ai cherché quelque chose. Mais j'ai juste appris à souder des tôles toute ma vie. Et à cinquante balais, tu soudes moins bien que les autres. Et en plus, il y a de moins en moins de tôles à souder.

La plupart du temps, je n'ai pas eu de réponse du tout à mes requêtes. Quelques fois, un petit mot qui, avec une politesse déplacée (ces formules pré écrites sont pires que le silence), me disait : « Allez-voir ailleurs si la terre tourne ». Et puis j'ai eu trois rendez-vous. Avec la certitude que tout était fini avant d'avoir commencé.

Ça va mal à la maison. Les indemnités diminuent. Nous n'avons plus d'argent de côté. Les enfants ont des besoins grandissants. Voilà qu'ils sont plutôt bien faits dans leurs cerveaux et que du coup on leur prédit un bel avenir à condition d'intégrer une école adaptée.

Moyennant un chèque, et pas fin, celui-là.

Ma pauvre épouse m'accompagne et se démène en cumulant des petits boulots de ménage qui la mettent sur les rotules et polluent par conséquent tout l'équilibre de couple que nous avons mis trente ans à bâtir. On s'engueule comme jamais. On se déteste. En tout cas, on déteste ce qui nous arrive.

Mes enfants se sont éloignés de moi. On ne le croirait pas. Mais c'est pourtant vrai. Mon image chez eux a changé. Lorsque j'écoutais d'autres victimes du désœuvrement, je ne les croyais pas. Et pourtant c'est vrai. On devient inutile, on souffre et les autres avec nous.

Je me croyais puissant, la force tranquille. Toujours maître de ses choix. Toujours décidé.

Le chômage vous brise. Le degré du cyclone est sûrement différent d'un individu à l'autre mais le cyclone est bien là. Même si vous ne souffrez pas financièrement, vous vous retrouvez dans la grande casse automobile des êtres humains. Vos certitudes volent en éclat parce qu'on vient de vous signifier qu'on pouvait fort bien se passer de vous.

Je me suis surpris à m'arrêter de temps à autre au troquet du coin. Moi qui n'ai jamais fréquenté ces endroits autrement qu'en vacances ou avec des amis. A y boire une bière ou deux et à gratter un jeu de hasard. Des fois, vous vous en remettez à l'impossible.

J'ai glissé sur la pente savonneuse de l'inaction. J'ai même commencé à me lever tard, à mettre le même jean pendant des lustres, à grignoter sans manger vraiment. Je me suis parlé comme un dément, seul devant mon miroir, en m'interrogeant sur le chemin qui m'attendait. Je l'ai dessiné avec des copeaux de verres tandis que je l'empruntais, pieds nus, jusqu'à chuter sans pouvoir me relever. Ma femme m'a dit ne plus me reconnaître mais je ne me reconnais plus moi-même, alors…

Il vient de me poser une question sur mes aptitudes. Je lui récite ma litanie. Je connais par cœur mon CV, ma charmante conseillère du Grand Pôle m'a suffisamment dit qu'il fallait que je le sache de fond en comble. « Mettez en avant vos points de compétence, Monsieur Soulier. » Et un coup de pied dans tes fesses du fait de mon patronyme, ça te va ?

Les gouttes affluent sur mes épaules après avoir emprunté la rigole de mon cou. Je crois que je vais défaillir si quelqu'un ne vient pas installer une clim dans les cinq minutes. Nonobstant, je suis droit comme I, un mec avachi ne donne pas envie. De toute façon, j'en suis sûr, c'est cuit, comme moi dans dix minutes si je n'ai pas d'oxygène.

Il vient de me dire quelque chose et j'écarquille les yeux. Je n'ai pas même pas écouté. Je pensais à ma femme qui m'a demandé de faire des pâtes ce soir.

—Ça vous intéresse ? reprend-il.

Je dis oui, sans réfléchir.

—C'est un CDD pour le moment. Le carnet de commandes se remplit bien mais je préfère rester prudent. Vous pouvez commencer quand ?

« A peu près hier », je pense.

—Demain, si vous voulez.

—C'est trop court, on a la paperasse à faire. Ma secrétaire vous rappelera.

Des banalités suivent, il n'a plus de temps devant lui.

Je quitte son bureau, descend, jette un œil aux presses de l'atelier. Il y a des gars qui bossent. Je sors, m'enivre des quelques légers remous de vent de cette suffocante journée d'été. Tout en marchant, je prends enfin conscience que j'ai un emploi. Je suis tout seul sur ce trottoir, comme un grand dadais, et je me surprends à lâcher une goutte au coin de mon œil droit. Je prends le bus, ma tête me fait mal. Les idées se superposent, s'entrechoquent, telles des couches de mille-feuille. Je descends, passe devant le troquet, revient en arrière. Je déguste une bière fraîche qui a le goût du bonheur.

Ce soir-là, je fais les pâtes escomptées. Les enfants sont là, on est tous les quatre. Entre deux bouchées, je lâche le morceau. Ma femme se lève, incrédule. Mes enfants me regardent et sourient. Ils m'enlacent tous les trois et je laisse mon corps aller. Je sanglote et les embrasse à mon tour. Ma fille me dit qu'elle m'aime, mon fils me serre l'épaule.

Je m'aime un peu plus aussi, ce soir.

On est seuls, là dans la petite cuisine, au troisième étage de l'immeuble. Le quartier est calme. J'ai toujours fait en sorte d'être au calme pour ma famille.

Je me mets au balcon, j'observe au dehors. J'allume une cigarette, ça, ça ne m'a jamais quitté. Il y a plein de petites lampes allumées, le périphérique est encore bien en vie.

Ce soir, au troisième, il y a une fleur qui a percé la terre. On n'en voit qu'un début de tige. Mais elle est là.

Insignifiante devant le vacarme tonitruant qui l'entoure, devant ces milliards de tiges déjà bien fleuries, qui dépérissent, ou disparaissent à jamais à ce moment précis.

Ce soir, au troisième, l'espoir nous caresse un peu.

Ce soir, pardonnez-moi d'être égoïste.

Si tu voyais ce soleil

Le soleil pointe au zénith aujourd'hui. Il fait une chaleur de pyrolyse.

Un signe de plus, peut-être.

Je suis triste comme la nuit. Mes propres enfants, ma propre épouse, traversent mon périmètre sans que je capte grand-chose. Mes gestes sont engourdis comme si j'avais froid. C'est que j'ai froid, en fait. Au-dedans. Un bout de moi s'est en allé. Il est parti cette nuit, me ramenant avec violence vers la conscience de notre mortalité.

Maman n'est plus et moi je ne suis plus un petit peu aussi.

Quand la voix m'a annoncé la nouvelle, je ne l'ai pas reconnue de suite. Ma sœur m'a réveillé, j'étais alors plongé dans un sommeil lesté de fatigue. La voix chevrotante, suivie d'un petit gémissement ont confirmé l'anormalité d'un appel au cœur de la nuit. Le songe a fait place à la réalité à la vitesse d'une comète. Je me suis redressé sur le lit, assis, après avoir allumé la petite lampe de chevet que je n'allume jamais en temps normal. Mon épouse s'est redressée sur un coude, le regard encore perdu dans les brumes.

« Ok », ai-je dit avec une étonnante placidité. Nous nous étions préparés à cet appel. Depuis longtemps.

Nous avions construit les remparts d'une forteresse émotionnelle autour de nos cœurs lacérés. Mais les digues cèdent d'un coup quand la faucheuse se présente à votre porte. La pierre est détruite par la rivière du passé.

J'ai raccroché. J'ai posé mon téléphone sur la table de chevet. Il a failli en glisser de par les tremblements de ma main. J'ai fermé les yeux et mon corps s'est alors livré à une série de sanglots convulsifs. La main chaude de mon épouse, posée sur mon avant-bras, n'a guère atténué ma peine. Mes larmes ont roulé sans fin sur mes joues. Je prenais conscience que je ne reverrais plus les yeux de maman. Ou alors fermés à jamais.

J'ai revu son bras border mon lit avant que je n'aille m'y coucher, le soir, après quelques baisers. J'ai revu son sourire bienveillant me placer mon doudou préféré contre ma joue alors même que papa, ironisant sur mon âge, me trouvait bien trop grand pour en avoir besoin. De nouveau, j'ai senti ses mains sur mes cheveux quand elle me passait le shampoing et s'amusait à me chatouiller sous les bras en même temps.

J'ai revu son émotion contenue lorsque j'ai craqué devant elle lui annonçant que je venais d'être papa. Son signe de tête et sa caresse sur ma joue ont entériné mon passage vers une autre sphère de ma vie.

J'ai senti comme jamais la chaleur de sa paume sur mon épaule nue quand mes soucis bien stériles d'adolescent me semblaient incommensurables.

Assis là, sur mon lit, au cœur de la nuit moite, j'ai senti tout cela. Et c'est comme si une lave fine sortait du volcan de mes veines pour ne plus jamais y revenir.

Il fait vraiment une chaleur insupportable et la journée s'en trouve plus compliquée encore. Il y a beaucoup de noir autour de moi. Sauf la jupe rouge sang de cette tante éloignée. Je n'ai même pas la force de lui en vouloir et pourtant ma femme m'a donné un coup de coude en la voyant arriver. « On fête quelque chose ? » m'a-t-elle dit dans une mordante ironie.

La messe est célébrée, mais les mots traversent mes oreilles sans faire de pause. Nous sommes quatre frères et sœurs, unis. Mais aujourd'hui ma peine est une peine solitaire, je ne la partage avec personne. Mon cœur seul la comprend, mon âme seule la dessine en moi.

Chaque moment que nous vivons n'appartient qu'à nous, nous sommes seuls et uniques. Je le comprends comme l'esclave qui subit le coup de fouet. Les autres souffrent en silence mais celui qui reçoit le fouet est le seul à comprendre.

Il y a le cercueil à cinq mètres de moi. Il est beau, nous souhaitions le meilleur pour maman. Cette femme a été un exemple de bienveillance pour nous tous au travers d'une existence pourtant ballotée par les tempêtes. Sa seule ligne de vie fut celle de ses enfants, son seul port, celui de notre bonheur. En y réfléchissant, j'ai peine à me souvenir de mauvaises ondes de sa part.

Je n'arrête pas de pleurer comme un enfant. Mes frères et sœurs ne sont pas au mieux non plus. De temps en temps nos regards se croisent et l'indicible prend toute sa force.

Mes petits sont juste derrière moi. Mon garçon est assez grand pour pleurer tout ce qu'il peut. J'essaie de le réconforter de temps à autre mais il y a trop d'aiguilles entre mes côtes.

Le curé parle de sa voix atone. La cérémonie prend fin. Nous la voulions courte.

On sort. Le plomb thermique nous tombe dessus. On prend les voitures, on suit le corbillard. J'ai des nuages devant les yeux. Ma femme me serre le bras avec force, elle ne le lâche pas. Elle comprend.

Nous arrivons devant le cimetière et je craque en fermant la portière. Je comprends que sa demeure est là dorénavant, elle qui aimait tant laisser le soleil inonder son salon au moindre rayon. J'ai les jambes qui dansent le jerk, je me fais même un peu peur. Il ne faudrait pas que je sombre de trop.

On avance dans un silence de cathédrale vers le coin de terre qui attend ma mère. Ma vie semble couler comme un ruisseau tout autour des pieds des gens, des roues du corbillard, montant sur le hayon, pénétrant ses interstices pour aller envelopper son cercueil. Comme si je revenais en elle, lorsque son ventre s'arrondissait de moi.

Je réalise que personne ne me comprendra. Personne ne le pourra. Peut-être même certains se moqueront-ils de moi, arguant du fait qu'il faut que la vie continue et que c'est l'ordre des choses. Je m'en fiche. C'est maman qui est là, c'est elle qui m'abandonne pour la première fois de ma vie, c'est elle qui me dit de continuer sans elle. Qui la remplacera en mon cœur ?

Je n'ai jamais été aussi petit qu'aujourd'hui. J'ai l'impression d'avoir l'âge de mes enfants. Je les serre tous les deux de chaque côté car leur énergie m'est vitale.

On arrive devant le trou. C'est un coup de couteau en plus. Je ne vois pas trop comment maman pourrait s'en sortir là-dedans. J'ai le cœur qui se décroche, je vacille.

Et puis cela va assez vite. Le cercueil est mis en terre. On y lance une rose. Comme dans les films. Mes yeux sont boursouflés. Je la remercie en silence, mes lèvres bougent tout doucement sans que je sache trop ce que je dis. Il touche le fond trop fort à mon goût et j'insulte tout bas les types qui le descendent. Qu'est-ce que ça change ?

Une image, claire comme une source de montagne, cisaille l'espace devant moi. Je vois maman qui se retourne vers moi en riant. Nous sommes sur le chemin de l'école et elle fait la course avec moi. Je suis derrière, avec mon gros sac à dos bientôt aussi grand que moi, et je ris, mon Dieu que je ris, j'essaie de la rattraper et elle fait à chaque fois de petits pas pour s'éloigner. Son sourire éclaire son visage comme une lampe torche. Et moi, je fais ce que je peux pour m'en approcher.

Cette image a hanté beaucoup de mes nuits, de mes jours de tristesse aussi, comme toutes ces images que notre cerveau, pour une raison inconnue, classe à jamais dans nos neurones, les gravant du fer rouge de ces souvenirs inoubliables de nos vies, ces images dont on ne comprend pas pourquoi elles se rallument de temps à autres, avec la précision du laser.

Aujourd'hui, je le comprends. Oui, je le comprends totalement. Il fallait que je la revois rire aujourd'hui, à cet instant précis.

Les mottes de terres commencent à recouvrir totalement son dernier lit. Tu t'en vas vraiment, alors, hein, Maman ? C'est fini là ? T'aurais pu rester un peu plus, t'avais encore deux trois conseils à me donner. T'avais encore deux trois câlins à me prodiguer. T'avais encore deux trois promenades à partager.

Je comprends. J'essaierai de me débrouiller sans toi. Je n'avais jamais encore compris qu'il le faudrait un jour.

Merci, Maman.

Merci, ma maman.

Si tu voyais ce qu'il fait beau aujourd'hui.

Vu par elle

Il est à côté de moi, et on se sent tout gauche. Je pense sincèrement que mes seins sont trop petits et mes fesses un peu trop larges. Mais la couette tirée jusqu'au menton et la semi pénombre devraient être de précieux alliés.

Mon cœur fait le pivert, je suis tétanisée de peur, d'émotions et d'envies nouvelles. Je suis très jeune, trop pour mes parents. Ils ont oublié qu'ils ont vécu exactement les mêmes choses au même âge. Mais ce doit être trop difficile quand il s'agit de ses propres enfants, surtout la fifille de son papa.

Il est clair que je ne ferai pas le moindre geste parce que je ne sais pas quoi faire et parce que je me dis que ce n'est pas à moi de le faire. Si ça se trouve, ça fait un mal de chien, certaines filles « in », celles qui ont déjà offert leur corps, n'ont pas arrêté de jouer les corbeaux en me tournant autour et en me disant qu'elles étaient déjà passées par là et qu'il fallait donc que je sois forte. Mais qu'au final c'était bien. Très bien.

Il avance la main vers moi, et mon corps devient plus raide que le marbre. J'ai une pensée saugrenue, celle du médium qui arrive à vous durcir et à vous casser des parpaings sur le ventre. Mes yeux sont ouverts vers le plafond mais Sacha ne peut pas les voir. Tant mieux. Il ne pourra y lire mon anxiété.

J'ai déjà senti les mains de Sacha sur moi, évidemment. Les garçons ont besoin de toucher et vient le moment fatidique où tu dois prendre une décision : Tu rejettes et tu rejettes encore = il te jette OU tu rejettes et tu acceptes afin qu'il reste. Sûrement qu'il y a un bout d'amour quand même là-dedans pour nous les filles. Sûrement qu'après, les années passant et l'habitude aidant, on sera les premières à baisser le pantalon d'un homme. Mais là, aujourd'hui, je sais que je n'aurais pas pu faire ça sans tenir un peu à lui.

Maman me l'a dit d'ailleurs. Elle m'a conseillé de prendre soin d'être attachée au garçon pour me donner à lui. T'inquiète, maman, il ne va pas m'attacher aujourd'hui mais c'est vrai que je tiens à lui.

Il commence à me caresser les seins, un peu moins élégamment que d'habitude. Je ne ressens aucune émotion. Le marbre est toujours en mes veines. Je le sens fébrile, j'aime ses gestes d'habitude mais là il est plus « direct » comme si la tâche devait être accomplie. Ça me met un peu mal à l'aise. J'ai envie de romantisme, c'est normal, non ? Je sens son anatomie contre ma cuisse gauche. Ce n'est pas que je ne l'ai pas déjà sentie avant, mais peau contre peau, c'est la première fois.

Et puis il s'allonge sur moi, assez rapidement. Je croyais que les caresses devaient durer des heures mais lui ne l'entend pas comme ça.

Je regarde ses yeux, il y a de la noisette dans son iris, ils sont un peu écarquillés. Il souffle fort et moi je suis toute rouge et aussi à l'aise qu'une mamie sur l'autoroute. Il ne faudrait pas que je me sente mal non plus, ça ferait tâche. J'essaie de me relâcher, de savourer mais je suis trop anxieuse. Quelque part, j'ai l'impression que je passe un test. Désolée, Madame, le code est loupé. Faudra retenter votre chance.

Ce n'est pas que Sacha soit brutal, c'est juste que je le sens moins tendre que d'habitude. Je sens de l'anxiété comme lui doit sentir la mienne. Il n'aime peut-être pas mon corps. Peut-être est-il déçu. Il va peut-être ironiser là-dessus avec tous ses potes et je serai la risée des réseaux sociaux.

Mon cœur tape fort sous mes seins offerts.

C'est là que la chose se produit, sans que je l'aie réellement vue arriver. Pour la première fois, un garçon entre en moi et je reçois ce corps étranger avec surprise. Mes yeux s'ouvrent, une légère douleur irradie au bas de l'abdomen, mais j'y avais réfléchi. C'est comme lorsque l'on se prépare à aller chez le dentiste. Sacha fait tous ses efforts pour être très soft mais il n'est pas vieux, lui non plus. Je sens quelques allées et venues dans mon bas ventre et le sang monte à mon visage. Je vis une expérience nouvelle et riche, un début de plaisir potentiellement extraordinaire.

Et puis Sacha tombe sur le côté, haletant. Je comprends que c'est déjà terminé. Je ne me rends pas tout de suite compte que je suis là, cuisses ouvertes, nue comme lorsque maman m'a délivrée d'elle un beau jour de novembre. Très vite je tire la couette sur moi. Je sens quelque chose qui coule un peu. Je n'ose même pas regarder ni toucher.

Je sais très bien que je ne suis pas des plus informées sur le sujet, je ne suis pas assez libre en moi à dix-sept ans contrairement à des dizaines d'autres gamines du lycée de deux ans mes cadettes.

Je le regarde du coin de l'œil. Sa poitrine se lève et se soulève. Il a les yeux rivés au plafond. Nous restons comme ça un bout de temps.

Je suis tétanisée car je tiens vraiment à ce garçon et mon enveloppe est peut-être d'une fadeur sans égale. Tétanisée parce que je prends conscience que je viens d'avoir mon premier véritable rapport sexuel. Il parait que ça marque une femme à vie. A cet instant, je n'en sais fichtre rien. J'ai surtout envie qu'il continue de me serrer contre lui. Que demain, nous allions de nouveau nous promener dans le parc et nous bécoter à perdre haleine sur notre banc fétiche. J'ai envie de rester importante. Alors, je l'observe. Mais il ne dit rien. Sa poitrine s'est un peu aplatie depuis tout à l'heure. Il a le torse étroit comme j'ai les seins menus.

Et puis, il me prend la main, sous la couette. Tout en regardant le plafond. Il tourne enfin ses yeux vers moi et me sourit. Ce beau sourire que j'aime à revoir derrière mes yeux fermés quand j'éteins la lumière de ma chambre.

Je me dis que je l'aime sûrement.

Forcément.

Vu par lui

Je ne sais pas trop si je vais y arriver. Peut-être que je ne vais même pas réussir à me mettre Popol au garde à vous comme dirait mon père quand il a un peu trop bu le week-end avec les amis. Mes mains tremblent comme un malade de parkinson, elle va forcément s'apercevoir que je suis un quasi débutant.

Il y a bien eu Emilie l'année dernière qui disait fièrement qu'elle m'avait dépucelé. Mais j'étais bourré comme un pingouin quand il marche et j'avoue que je ne me souviens de presque rien. Et puis je m'en foutais un peu d'Emilie. Je n'en avais même rien à faire.

Tandis qu'avec Laetitia, c'est pas pareil. Il va falloir que je sois puissant, que je lui fasse plaisir. Il va falloir qu'elle voie que je suis une bête de plaisir, un spécimen unique.

Elle ne fait quasiment pas de mouvement, donc je ne sais plus si elle a toujours envie de moi. Et si elle me trouvait laid ? J'ai des biceps épais comme des biscottes, un torse d'un gamin de douze ans sans le début d'un poil.

Euh, t'es où Hugh Jackman ?

Bon, il va falloir que je me décide. J'en ai vu des films explicites pourtant. Les mecs y sont impressionnants. Ils ont de véritables gourdins qui semblent inépuisables, utilisables à loisir pendant des heures. Ce n'est pas mon cas. Je suis plutôt le lapin que l'on voit attraper sa copine derrière les thuyas. Il va bien falloir pourtant que je sois le roi du porno aujourd'hui. Sinon, elle va se demander ce que je peux bien lui apporter.

J'ai un peu honte, en plus. Quand elle pose sa tête sur ma poitrine, je ne vois presque plus de peau, c'est dire la surface de mes pectoraux. Bref, je ne suis pas un cador et je le sais. Mais c'est avec moi qu'elle est aujourd'hui.

Pas avec Hugh Jackman.

Je me tourne sur le côté et je lui envoie un regard amoureux qui provoque un afflux sanguin immédiat dans ma boîte crânienne parce que je me sens niais comme un gamin qui rentre en CP. Elle me regarde, elle a la couette qui lui chatouille le nez. C'est pas commode. Pourtant je la trouve trop belle, elle a un joli corps, je le savais déjà pour l'avoir reluquée à la piscine bien des fois, m'imaginant d'ailleurs l'instant que nous vivons. Je vois bien qu'elle n'est pas habituée, elle ne m'a pas caché que j'étais son premier. Du coup, ça ne m'a pas du tout rassuré.

Allez, je commence l'ascension de l'Everest. Je me glisse comme je peux, entre elle et l'énorme duvet qui la recouvre. Je la caresse. Et mon ami se raidit sans peine. Je suis jeune, ce serait dommage. Sauf, que je sens déjà que le contrôle va être un autre problème. Quand on est jeune, on a le moteur sans la maîtrise et inversement quand on est plus vieux. Je la regarde et ses cheveux entourent son joli visage. Elle est à tomber, elle n'imagine pas bien à quel point je la trouve incroyable. Je ne sais pas comment lui prouver.

Je sens que j'ai le créateur au bord des larmes (autre phrase clé de mon père) alors je me dis qu'il faut vite agir. Je vais où je dois aller, comme je peux. Mais, finalement, le chemin se trouve assez facilement. C'est un peu dur au départ et puis ça se débloque. Je donne quelques coups de reins, mais avant même de comprendre, l'inévitable se produit et je ne peux retenir la satisfaction qui remplit mes veines. Je me laisse aller et, comme c'est trop puissant, je ne me soucie guère de ce qu'elle pense.

Faut-il être con.

Et puis voilà, c'est fini. Je suis un homme maintenant, hein. Mon souffle a pris le rythme d'un coureur de huit cents mètres. Tout ça pour quelques secondes. Je pense que cette fois, c'est fait, je suis le guignol du sexe, et elle ne va pas se priver de le raconter. J'ai mal aux bras tellement mes membres sont engourdis. C'est moi qui n'ose plus bouger. J'aimerais un geste de sa part mais il ne vient pas. Je fixe le plafond qui me rend bien service. Aujourd'hui, le plafond est mon ami.

Et puis ça se calme un peu alors je hasarde mes doigts vers sa main. J'arrive à ne rien dire car je pourrais fort bien être ridicule une deuxième fois. Sauf que…je me dis que je suis le mec, quand même, alors c'est bien à moi d'être le patron, qui d'autre le sera ? Hugh Jackman ?

Je tourne la tête et je lui souris. J'ai peur qu'elle ne pleure, peut-être qu'elle regrette, peut-être lui ai-je fait mal. Et puis elle me rend mon sourire.

Et devient si belle à cet instant.

Je crois que je l'aime un peu plus encore après ce sourire. C'est le sourire de l'accord implicite, celui qui me valide comme son amoureux.

Et je suis heureux, alors. Mes potes, le lycée, la famille, tout est bien loin de moi en cet instant. Il n'y a pas grand-chose d'autre que le lit, elle et moi.

T'as vu, papa, je suis un homme maintenant.

Moi seul le sais

Je dois lui ramener William avant dix-huit heures. Nous sommes sur la route et je regarde mon petit garçon dans le rétroviseur. C'est la première fois que je dois le déposer chez sa mère.

Chez sa mère.

Trois mots qui me semblent sortir de la quatrième dimension. Je ne vois pas comment je peux penser « chez sa mère », alors qu'il y a un mois encore, je disais chez nous. Le « nous » était devenu habituel, c'était un peu comme un rocher au large des côtes, celui que voient les enfants quand ils grandissent en bord de mer, à chaque fois que leurs parents les emmènent se promener sur le même relief. Je n'avais jamais imaginé que le "nous" ne soit plus. Et pourtant, le « je », le « tu », le « il », le « elle » sont rentrés de plein fouet dans mon existence comme un intrus pénètre chez toi en fracturant la porte.

Le voleur a trop trituré celle de mon cœur, le cadenas a volé en éclat et il pendouille le long de mon âme. J'aurai du mal à la réparer, peut-être d'ailleurs la serrure est-elle brisée à jamais.

Je conduis en mode automate. Mes nerfs guident chacun de mes coups de volant. Mon pied a même ripé sur la pédale de frein provoquant une embardée. J'ai calé. William m'a regardé sans sourciller. Il est pâle comme une lune de novembre et son mutisme fait du bruit dans ma tête. J'ai peur pour lui mais je n'arrive pas à le protéger car je suis trop défait moi-même. Je ne sais même pas quoi lui dire, j'ai passé les deux derniers jours à jouer avec lui, à le couvrir de baisers. Sans jamais aller sur le fond du problème.

Il ne m'en a pas parlé. J'ai vu dans son regard une forme d'épouvantable résignation qui m'a bouleversé. J'ai pleuré toute la nuit du week-end, seul comme un ermite sur une île. Je n'ai pas le choix que de donner le change mais je suis brisé.

Ne plus vivre avec elle est une morsure.

Mais ne plus vivre avec William est un supplice.

Je ne suis vraiment pas convaincu de pouvoir y arriver. J'ai tant écouté l'écœurante bienveillance de mes proches me démontrant à coups d'exemples que je n'étais pas le seul. Que ça arrivait à plus d'un couple sur deux. Leurs mots glissent sur moi comme une goutte d'eau sur un pare-brise, sans laisser la moindre trace si ce n'est celle de l'amertume. Le temps fera son œuvre, de cela je suis certain, car le temps est une immense roue qui broie tout sur son chemin.

Mais, là, le temps s'est figé pour moi et je ne sais pas si mes forces seront suffisantes.

Il a réclamé sa mère pendant le week-end. J'ai alors été partagé entre une tristesse sourde et une colère rentrée. Voire une pointe amère de jalousie, comme si le bonheur de mon enfant pouvait s'acheter et que j'étais en capacité de proposer la meilleure offre. Sauf, qu'il est petit, mon William. Et qu'on n'est pas dans une salle des ventes.

Il doit sentir mon émotion car il reste d'un calme surprenant pour un enfant de cet âge. Lui que l'on a toujours rangé du côté des piles électriques voit sa propre batterie de secours diminuer. Il nous faudra lui insuffler la vie car c'est notre devoir. Je n'oublie pas.

Mais je suis trop malheureux aujourd'hui. J'ai refait mille fois le tracé de l'échec, tentant d'en comprendre les raisons. Avant d'entériner qu'il n'y a jamais vraiment toutes les raisons. Tu peux semer les graines dans la meilleure terre et ne voir que chienlit y pousser et faire germer les plus beaux arbres sur un sol caillouteux. C'est comme ça. Je ferai partie des statistiques, merveilleuses données que l'on nous balance au détour d'un rapport.

Sauf que derrière les chiffres, il y a des morceaux d'humains.

Je tourne à droite, on n'est plus très loin. Elle a trouvé une maisonnette avec un petit jardin qui doit faire le quart de celui que nous avions. Je ne sais pas si elle est mieux aujourd'hui. Nous n'en parlons pas. D'ailleurs nous ne nous parlons que pour William et les contraintes immédiates. Je ne sais pas ce qu'elle pense. Moi, j'ai été élevé dans l'idée qu'on devait se battre pour rester ensemble. C'est le modèle qu'on m'a inculqué. Et pourtant, me voici, au bord de la route.

—Tu reviens me chercher quand, papa ?

Ce sont ses seuls mots depuis le début du trajet. Je lui jette un regard. J'ai envie de m'exploser le visage contre la vitre latérale. Un jet acide inonde mon œsophage. Je cligne des yeux pour évacuer les petites perles qui y affluent. Le silence se prolonge et puis il faut bien que je lui réponde, alors je lui lance un « Bientôt, mon chat, normalement dans une semaine ».

Nous aurions pu faire une garde alternée mais elle a menacé de se mettre en l'air et j'ai eu le doute sur sa sincérité. Chantage affectif mais risque quand même. Et moi, je veux juste que William s'y retrouve. Il est mon guide. Alors j'ai consenti à un week-end sur deux au début. Parce que moi je ne me foutrai pas en l'air.

Je n'en ai pas besoin, je suis déjà mort un petit peu.

Il pleut une bruine désagréable. J'arrive devant la maison. Je n'éteins pas le moteur. Elle ouvre la porte, si vite, comme si elle guettait derrière le rideau, ce dont je ne doute pas, un sourire barrant son visage. Je la trouve merveilleusement belle, j'ai envie de courir vers elle et de la supplier de redémarrer. Lui dire qu'elle l'aura son prince sur son blanc destrier. Mais ça ne fonctionne pas comme ça.

Je sors, j'ouvre la porte à William. Il a six ans. Il est blond. Il a des yeux bleus comme la mer. Il est super beau, mon petit garçon. Il lève la tête et me lance un timide « Au revoir, papa ». Je suis comme un idiot, les bras ballants. Je lui colle la tête contre mon ventre, je me penche sur lui et je lui embrasse les cheveux. Je feins le geste détaché en lui caressant les épaules. Et puis je lui dis d'aller rejoindre à mère, ce qu'il fait en courant. Il ne se retourne pas. Elle lève son bras en signe de bonjour, la politesse c'est important.

Ils rentrent à la vitesse de la lumière, laissant mon regard rebondir sur une porte fermée. Je reste quelques instants sous la pluie. Je ne la sens pas. Ma vie est là, dans cette maison.

Et je dois laisser ma vie.

Je vais rentrer, me faire des pâtes et regarder la télé. Je serai seul. Je vais pleurer, comme chaque jour depuis que je ne vis plus avec eux.

Mais cela, moi seul le sais.

C’est déjà pas si mal

Il y a tante Odette, celle qui pète.
Il y a tonton Gaston, le ronchon.
Il y a mon père, fort débonnaire. Il y a ma mère qui s’exaspère. Et y a les autres, comme des apôtres.

C’est un sacré repas de famille que voilà. On préfèrerait être à la piscine. Il fait chaud en plus. Tonton a déjà dépassé le grammage légal alors qu’il est à peine 13h et que la journée va durer jusqu’au soir, enfin si on n’est pas comme dans un de ces films catastrophes qui nous décrivent des vagues de 200 mètres de haut balayant la moitié des zones peuplées.

Les enfants, au nombre de dix, ce qui situe l’ambiance non loin de celle d’une garderie périscolaire, ont décidé aujourd’hui que nous devions perdre la moitié de notre capacité auditive. Je pense que cela devait être écrit en toutes petites lettres dans l’invitation reçue, comme ces alinéas dans les contrats dont on s’aperçoit mais trop tard. Mes propres enfants ont dû être informés car ils participent de bon cœur à l’apocalypse.

Tata a déjà lâché quelques boules odorantes qui ont fait plisser les nez dans un silence de circonstance. On ne blâme pas tata et on ne s’en moque pas non plus. Elle a des soucis de digestion et depuis très longtemps, aussi longtemps que je me souvienne avoir passé des repas avec elle. Des fois, on se dit que le tube digestif vieillit mal mais en ce qui la concerne elle a dû naître avec une bestiole coincée dans le côlon. Comme tous ceux qui sont à l'origine de l'envoi des missiles, elle se sent très à l'aise dans la zone de guerre.

Ses missiles à elle ne font pas de mal, voyez-vous.

Papa a entamé sa litanie sans fin de blagues collectées dans divers magazines et qu'il a pris soin d'enregistrer dans le cortex de son cerveau afin de nous les restituer avec le verbe d'un comique troupier. Sauf que les trois-quarts (ce pourcentage me vient à l'instinct) nous ont déjà été contés, et pas qu'une fois. Mais comme on est en repas de famille, on rit quand même. Ça fait un peu mal à la gorge comme tous les rires non naturels mais c'est comme ça.

Manuel discute depuis le début avec son cousin, à sa droite, comme s'ils ne s'étaient pas vus depuis quinze ans, alors que ça fait quinze jours. Moi, je n'existe pas pour lui, mais je suis habituée. Je n'existe pas pour lui dans les repas de famille. Au début, ça fait mal, on sent vite qu'on n'est pas le centre d'intérêt de toute chose, et puis on s'adapte et puis on fait même pareil.

La roue tourne, hein.

Il y a un nombre de plats qui dépasse la raison et qui permettrait de nourrir une cantine d'hospice pendant une semaine. Les mets se succèdent, gras à souhait, les boissons semblent issues du tonneau des danaïdes et elles n'ont jamais la couleur de l'eau. Les pommettes rosissent, le volume des voix s'élève (en même temps il faut bien couvrir celui des nom de dieu de gosses qui courent partout).

Vient l'instant où on refait le monde. Les hostilités sont déclenchées par mon beau-frère qui doit être dans le peloton de tête des buveurs de Bordeaux. Il pose la question centrale, fatale, qui ébranlera le sort de l'humanité : peut-on vivre sans beaucoup d'argent ? Il faut dire qu'il fait également partie du peloton de tête en termes de revenus. C'est plus facile de s'identifier au bas peuple depuis sa tour.

Les discussions sont calmes et s'enveniment au détour d'une réponse inadéquate. J'observe, je ferme les yeux et pince la cuisse de Manuel pour qu'il ne réagisse pas. Je n'ai pas envie de faire rentrer les gladiateurs dans une arène chauffée à blanc.

Heureusement, tata a l'intelligence de déposer une bombe de sa spécialité. Le silence se fait. Ça pique les yeux. Certaines mains se mettent discrètement en cache nez. Comme si on discutait intelligemment en croisant les doigts, sauf que la seule finalité est de limiter l'horreur olfactive.

En fait, c'est super efficace. Il faudra l'inviter plus souvent, elle peut faire de la place, c'est évident.

Un cri retentit alors, plus strident. Un des plus petits gosses, pas plus de trois ans, vient en hurlant vers sa mère, ma belle-sœur, en tenant un jouet qui semble brisé. Cette sacrée belle-sœur, d'un tact digne d'un poivrot dans un bar, dégaine l'artillerie lourde en fusillant du regard l'amas de gamins qui a subitement fait silence derrière le petit. Elle cherche le coupable, comme s'il s'agissait là de vie ou de mort plutôt que de lui expliquer qu'il n'y a pas d'importance et qu'un jouet, ça se casse parfois. Je tends le dos, comme les cordes d'un violon, et je souhaite en silence qu'elle ne s'adresse pas à mes enfants au risque que je déterre la hache de guerre. Je serais capable de lui mettre le pif entre les fesses de tata Odette ce qui aurait pour elle un effet digne d'une chambre à gaz. Cette chère belle-sœur nous a souvent fait le coup, manquant de discernement. Je déteste le manque de discernement.

Finalement elle clôt l'incident. Elle a bien fait de siroter du vin, elle aussi.

Ma mère arrive en gueulant sur papa parce qu'il ne l'aide pas plus que ça et qu'elle n'a que deux bras. Elle m'ordonne de rester assise au moment où je commence à lever mes fesses. Je continue de voir la nuque de Manuel, je ne verrai guère plus de lui toute cette journée.

Qu'il ne s'en fasse pas, il ne verra que ça aussi au lit cette nuit, même si ses mains de mec bourré devaient tenter le coup.

Je jette un œil à Mamie. Si ça continue son nez va tomber dans l'assiette. Elle aurait bien besoin d'une sieste et pourtant c'est son quatre-vingt dixième anniversaire. On ne peut pas louper sa propre fête. Elle ne dit rien, je vois ses yeux qui papillonnent. Faudrait la coucher, la vieille, pensé-je, ce qui me fait glousser. Discrètement.

Ça crie partout, ça sourit en biais, ça sourit franchement. Ça fait semblant aussi. Je fais semblant comme les autres. J'ai mis mon masque habituel et les autres les leurs. Non pas que je n'aime pas sincèrement la famille (enfin pas tous), mais je suis mieux en maillot de bain dans une piscine ou étendue sur un transat à siroter un diabolo menthe.

Oups, sacrilège, qu'ai-je pensé là ? Comme si tout le monde préférait laisser son visage se remplir de soleil, au calme, avec un bon thriller à lire, plutôt que manger à s'en péter l'abdomen dans une pièce où galopent des mini monstres, où les grands jouent leur rôle de grands, où on va bientôt se liquéfier tellement il fait chaud et où, immense cerise sur le gâteau, il est de bon ton que chacun compose avec autrui y compris avec ceux que l'on ne porte pas dans nos cœurs.

Papa vient de finir une blague, il est plus rouge que l'écrevisse que j'ai vue hier dans le bac du poissonnier. Il a un bout de salade gros comme un trombone coincé juste entre les dents de devant. Tout le monde arbore le petit rire nerveux qui va bien pour ne pas qu'il sombre dans la déprime du comique de basse zone. Tata Odette n'est pas en reste et fait de drôles de petits mouvement en riant, du bas vers le haut, et on pense tous à ce moment-là à son inépuisable côlon qui va peut-être finir par nous lancer l'ultime ogive.

Et puis vient la fin du déjeuner, on n'est déjà pas si loin que ça du quatre-heures. C'est solennel. Mamie va souffler ses bougies. Le gâteau est amené, il y a un gros 9 et un gros 0. Les enfants se mettent en arc de cercle et ça chante à tue-tête, ça crie encore pour dominer les autres, avec des dents espacées de trois doigts pour certains. Somme toute, le tableau reste touchant. Mamie qui a le même âge que tous les enfants réunis. Ce n'est pas rien. On la sent qui prend son élan pour souffler et le temps s'interrompt devant l'angoisse rentrée que le dentier ne vienne mourir dans la chantilly.

Nouveau pet de Tata. Il aurait pu servir à éteindre les bougies.

Et puis Mamie demande de l'aide aux petits-enfants et arrière petits et puis les bougies laissent échapper le filet de fumée caractéristique. Tout le monde applaudit chaleureusement et c'est surement le moment le plus sincère de la journée. Je souris, je suis assez émue car je l'aime bien mamie. Elle m'a souvent gardée quand j'étais petite.

Elle embrasse les enfants en leur touchant les joues d'une main dévorée par l'arthrose. Il y a la petite Léa, ma nièce, fille de ma très chère belle-sœur qui fait la moue au contact de la peau rugueuse de l'aïeule. Ciel, pas de remarque sur ce coup-là. Un jouet cassé, c'est plus grave. On ne change pas une équipe qui perd.

Et puis, ça reprend vite son cours. L'avantage du gros gâteau à la crème c'est qu'il remplit les bouches et ramène un peu de silence. Enfin, entre les hurlements des chérubins, entendons-nous.

Et puis l'après-midi va toucher à sa fin. On va bientôt embrayer sur la soirée et puis on rentrera fatigués, les enfants comatant sur les sièges arrière du véhicule. Manu tentera sans nul doute de se faire du bien mais il ne verra que ma nuque, comme convenu.

Et en pensant à ça, assise sur ma chaise, observant les attitudes de chacun, de tout le monde et personne à la fois, je me dis que j'ai au moins cette chance-là. Je ne suis pas seule, quelque part perdue au milieu d'un désert ou rejetée dans une minable bicoque de banlieue. Non, j'ai certes les gaz de ma tante, les blagues indigestes de mon père, les coups de fusil de ma belle-sœur, l'indifférence de ma moitié, l'absence de vraies dents de ma grand-mère, les cris des petits, les discussions sans utilité et parfois dévastatrices dans les relations, et j'en passe.

Mais je me dis que j'ai çà. Et que ça, c'est déjà pas si mal.

Aujourd'hui, je me veux optimiste.

Le rêve

Ce soir je me suis couché plus fatigué que d'habitude. J'avais un mal de chien à reprendre mon souffle. Pourtant je fais de petits pas comme le conseille mon docteur. Pas plus d'une chose à la fois. Mais mes jambes sont maigres comme elles le redeviennent lorsqu'on vieillit trop. Elles ne me portent que sur de courtes distances.

Avant, quand elle était encore là, c'était différent. Elle a été mes jambes pendant longtemps. Mais elle est partie avant moi, alors que tout le monde s'attendait à l'inverse. Et sans elle, les murs sont tous froids et gris.

Je dors maintenant. Allongé dans la chambre qui est aussi vieille que moi.

J'ai la bouche entrouverte, un filet de bave me coule sur le menton. Mais je ne m'en aperçois pas car je dors à poings fermés.

Et je rêve.

Je suis sur une barque au milieu d'un fleuve qui s'écoule très lentement. La surface est d'une stupéfiante immobilité, comme un lac. La barque glisse dessus sans bruit. Les rives sont à vingt mètres, pas plus, je dois être dans un des bras les plus étroits. Il y a des saules et des massifs qui s'abreuvent aux coteaux. Je ne sais pas ce que je peux bien faire là, j'ai toujours été un gars des villes et j'ai l'impression de traverser la forêt amazonienne. Mes yeux balaient le décor qui est d'une beauté pétrifiante. J'ai peur, on a tous les éléments réunis pour qu'un monstre préhistorique surgisse à tout moment et m'emporte dans les abysses.

Je suis happé par une clairière qui se dessine sur ma droite et succède à des kilomètres d'arbres centenaires. L'herbe y est courte, on dirait presque une pelouse de cadre supérieur. Phénomène étrange, elle est illuminée par des rayons de soleil intenses qui se projettent sur elle comme une lampe halogène.

Je vois des gens courir là-bas. Mon cœur s'accélère. Je l'ai reconnue immédiatement. Ma sœur se dépêche d'attraper un ballon avant qu'il ne touche le sol. Ma sœur. Oui, mais ma sœur toute petite. Elle ne doit pas avoir plus de sept à huit ans. Sa robe rayée bleue et blanche qu'elle mettait, à s'en user les bretelles, vole autour d'elle. Je la vois tomber au sol, se rouler par terre, riant aux éclats, ses nattes tombant sur sa figure. Ma mère est penchée sur elle et la chatouille. Et puis derrière elle, à trois mètres environ, il y a un petit gars assis. Il a un béret sur la tête. Il a trois ans, peut-être quatre. Je crois que c'est moi. Je plisse les yeux depuis ma barque mais ce béret là, je m'en souviens. Maman en a souvent parlé le soir au coin du feu, quand sa vie la quittait petit à petit. Elle se souvenait de ce chapeau avec la précision d'une lame de rasoir. Quand elle m'a serré la main pour la dernière fois, elle m'en a parlé de nouveau.

Que faisons-nous là ? Comment est-ce possible ? Je suis dans un rêve mais je ne le sais pas. Comme certains rêves, j'ai l'impression de le vivre réellement. Cette fois, j'ai même l'impression de le vivre à moitié éveillé. Sa prégnance est telle que mon corps en tressaute.

La barque continue de glisser, il n'y a pas de pause dans sa progression. Je me retourne au maximum, sans chavirer, pour profiter du spectacle. Bientôt, les nattes de ma sœur, mon béret et la robe de ma mère disparaissent de mon champ de vision.

Je sens de légers remous, cette fois. J'ai l'impression que le fleuve est moins lisse. Mes yeux scrutent avec anxiété les vaguelettes qui viennent heurter la barque. C'est que je ne suis plus de la première jeunesse. Si je tombe à l'eau, les poissons auront raison de moi avant que je n'ai le temps de reprendre mon souffle.

Ça glisse plus vite. Il fait un peu moins clair. Le ciel s'assombrit. Nouvelle clairière. Nouvelle lumière surnaturelle.

Je vois un jeune homme qui marche. Il a un sac sur le dos. Il a un short. Il a la mèche sur le côté. C'est de nouveau moi, sans l'ombre d'un doute. Je reconnais cette démarche en canard, tête basse. Mon père me rouspétait en me disant de regarder droit devant mais j'ai toujours été timide. Je n'ai jamais été chef de groupe. J'ai toujours suivi les autres, et souvent avec mon cœur, ce qui m'a joué beaucoup de tours dans la vie. Mais comme chantait Piaf, je ne regrette rien.

Je dois avoir une dizaine d'années. Tiens, ça bouge derrière moi. Je vois mon père qui accourt. Il me tend quelque chose. Un carnet. Je suis figé comme une statue devant cette scène. Sa main est tendue vers moi. Je le vois caresser ma joue, se pencher et me déposer un baiser alors que je lui souris. Je me rappelle parfaitement de ce moment. Je devais passer par la boutique de Madame Gandouin, au retour de l'école, pour y prendre quelques bricoles à manger. Maman était très malade. Papa avait besoin de moi pour lui donner la main. Il était d'une force redoutable, d'une droiture exemplaire et d'un amour sans pareil. Il était l'exemple parfait à suivre pour un gamin de dix ans. C'était un géant à mes yeux, le seul guide, la seule ligne de vie possible. Il l'a démontré jusqu'au bout et notamment lorsque maman est partie bien trop tôt, ravagée par la maladie. Il lui a raconté des histoires comme il le faisait pour nous. Sans jamais oublier ses enfants.

Une larme suit le sillon de mes rides. J'émets un petit cri que le fleuve engloutit. Je n'avais pas revu mon père comme ça depuis des décennies. Je ne me souvenais pas que mon père avait été jeune.

Ma petite chaloupe poursuit sa route. Ma gorge est nouée. Je respire mal. Le fleuve se réveille un peu plus. Les nuages passent du gris au noir.

Il y aura bientôt la pluie. Je ne tiendrai pas là-dessus, sur quelques planches en bois. Je suis persuadé de vivre ça. C'est trop limpide devant moi. C'est un film projeté depuis l'intérieur, un cinémascope de mes artères.

Quelques gouttes tombent. Je m'essuie le visage.

Encore un espace de pelouse. J'y vois deux jeunes gens. Je n'ai plus besoin de zoomer, je sais de qui on parle. C'est elle, bien sûr, qui est là. La compagne de mes jours, la mère de mes enfants. Celle qui n'est plus, celle qui m'a dit un « au revoir » irréversible. Ma tendre Marthe que je revois aujourd'hui, avec cette petite jupe volante, remplie de fleurs rouges et qui me rendait fou quand les émois étaient nos guides. Elle a vingt ans à peine. Elle m'enlace, se serre contre moi et je l'embrasse. Nous passions des heures à nous embrasser.

Dieu qu'elle est belle devant mes yeux de vieil homme. Elle est en vie, juste là devant moi, et je tends le bras mais je suis bien trop loin de la rive. Dieu qu'elle me manque. Dieu que cette jeunesse-là était belle. Dieu qu'elle est loin. Je pleure comme un enfant mais ne le remarque pas. Et la barque poursuit son périple.

Cette fois je dois m'agripper aux rebords. Cela commence à tanguer. Il pleut un peu plus fort. Je ferme les yeux, ma mâchoire se crispe. Où suis-je et vers où m'emmène le fleuve ?

Ça remue du côté gauche maintenant. Je tourne le visage. Je nous vois tous les quatre. Mes enfants ont un peu plus de dix ans.

Et on se promène.

Sandra est sur mes épaules et Rémi tient la main de sa mère. Il y a des visages barrés de sourires éclatants. Je me souviens aussi très bien de ce moment. A cause du pantalon de Rémi, rouge vif, que sa mère tenait absolument à lui faire porter et qui avait engendré moult protestations. On avait eu la tête des mauvais jours pendant dix minutes puis il était passé à autre chose. Les enfants n'étaient pas compliqués. Ils étaient de bons enfants, avec de jolies valeurs. Du moins tentions-nous de leur inculquer. Ils avaient surtout de l'empathie pour les autres et c'était ce qui m'importait le plus. Ils sont partis depuis bien longtemps. Ils ont choisi de venir très épisodiquement. Que raconte-on à des vieux ? Les centres d'intérêts sont éloignés, même entre parents et enfants. Nous ne leur en avons jamais tenu rigueur car nous avons au contraire installé en eux l'idée que chacun doit vivre sa vie. Ce qu'ils ont vite compris.

Je revois mes petits, là. Mes tous petits. Ma fille caresse mes cheveux que j'ai noir corbeau encore. Ma fille qui me faisait des dessins pour affirmer au monde que nul autre père n'était plus grand, plus fort que moi. Mon fils tourne souvent la tête vers moi. Je le vois me poser des questions, ce qu'il faisait sans cesse, des journées entières, pour prendre à mes lèvres les grands commandements de nos existences. Mes petits qui insistaient tant pour que je leur raconte une histoire avant le coucher avec une variété de voix digne des films

Disney. Ces petits qui ont eux-mêmes des petits aujourd'hui et qui passent voir le vieux que je suis quand ils ont le temps, c'est-à-dire pas souvent.

Cette fois c'est un véritable sanglot qui me traverse. Je pleure et les larmes se mêlent à la pluie. Je tends le bras de nouveau. Je donnerais ma vie pour toucher leur peau de bébé. J'hésite à plonger mais je sais que je n'atteindrai jamais la prairie. Mes paupières closes me renvoient leurs éclats de rires et mon estomac se noue.

La barque, elle, ne cesse pas sa route. Je crois comprendre qu'elle n'accostera pas. Ce n'est pas ainsi que c'est écrit.

Les remous se font plus denses et je tangue de plus en plus. Je m'accroche aux rebords avec l'énergie qui me reste. Mais je suis secoué, et pas seulement de l'extérieur. Le tonnerre zèbre soudain le ciel comme s'il me ramenait à la réalité des lieux, comme s'il me rappelait qu'il en est le maître et que c'est sa loi qui s'imposera aujourd'hui. J'ai terriblement peur. Tout cela est d'un réalisme confondant.

C'est donc que ce doit être vrai.

Nouvelle photographie, nouvelle scène au ralenti sur ma gauche. L'espace de clairière prend une ampleur supplémentaire car le reste du décor est maintenant fait d'ombres menaçantes. La tempête gagne du terrain et impose sa domination à la nature.

Il y a un couple qui me regarde. Ils ont les yeux rivés sur moi. Ils se tiennent la main. Je nous reconnais sans peine, ma douce Marthe et moi-même, ce grand escogriffe au corps mal articulé. J'ai les cheveux blancs. Et Marthe a les rides qu'elle avait peu de temps avant de partir. Ce n'est pas si loin.

En contrejour, derrière eux, je distingue quelques personnes. Ce sont des formes plus que de vrais visages mais je reconnais quand même ma fille, mon fils. Il y a des petits autour d'eux et des petits dans les bras. La barque s'est presque arrêtée cette fois, ce qui semble irréel tant les flots sont agités. Mais pourtant elle stagne comme mue par une ancre mystérieuse. Je suis tétanisé devant toutes ces personnes qui ont fait ma vie, qui sont ma vie, qui sont un peu de ce qui m'aura forgé et entrainé à chaque fois que j'ai ouvert les yeux sur une nouvelle journée.

Je réalise que rien n'a pu compter plus que cela. J'ai eu une belle carrière, des félicitations, merci. J'ai eu de la violence également, des coups de poignards verbaux, des regards assassins. J'ai eu des victoires inattendues, des désillusions brutales. J'ai vu de magnifiques spectacles et contemplé la boue humaine.

Comme tout le monde.

Et comme tout le monde, je m'aperçois qu'au fond je n'ai surtout eu que les gens que je vois là-bas et qui me regardent. Je n'ai finalement eu que leur bonheur comme souci, que leurs baisers comme vraie force, que leurs regards comme moteurs. Ils sont ce qui a le plus compté pour moi. Et en cet instant, me viennent toutes les minutes sombres où je ne comprenais pas, toutes ces secondes d'amertume où je croyais que l'essentiel était ailleurs. Je m'aperçois que j'ai fait comme tous les autres : je me suis persuadé d'être important aux yeux d'un collègue, j'ai décidé d'allouer mon temps à des personnes, à des tâches qui me semblaient alors d'une fondamentale prégnance. J'ai consacré d'innombrables instants à me préoccuper de ce qui était vain et secondaire. Oui, en ce moment, tout est écrit au-dessus de leurs têtes et même la pluie n'entrave pas ma vision. Je ressens ce message au tréfonds de mes tripes, comme jamais je n'ai senti quelque chose.

Soudain je les vois tous qui lèvent le bras. Ils me saluent. Ils me disent au revoir, ou à bientôt, ou je ne sais quoi. Et moi, mon cœur est en petites miettes alors je le sens se dissoudre tout autour de moi. Il part au fond de ma barque, glisse sur ses rebords et semble se fondre dans le fleuve. Je lève un bras lourd comme le plomb. Mes yeux charrient un tsunami de larmes et je ne veux pas les quitter. Pas maintenant. Je veux les serrer tout contre moi, me fondre en chacun d'eux, leur expliquer en quelques minutes tout ce que le silence a empêché. Je veux leur dire que rien n'a plus compté qu'eux. Et que ce qu'ils ont pu croire parfois était faux. Mais la barque reprend sa progression et je ne peux l'arrêter. Je reste le temps que je peux à observer leurs bras tendus vers moi. Mais le voyage et son issue semblent inéluctables. Je ne les vois plus.

Ça y est. Ils ont disparu.

Le fleuve reprend sa guerre contre mon embarcation et je suis près de chavirer. Le tonnerre déchire le ciel en un puzzle lumineux. Les flots forment des tourbillons.

Soudain le bruit s'amplifie. Flottant au milieu du tumulte, je ne comprends pas tout de suite. Et puis je vois au bout, à deux cents mètres environ, le cours d'eau qui prend une drôle de forme. Mes yeux s'écarquillent car c'est bien d'une cascade dont on parle. Elle semble immense. D'ailleurs, le fleuve s'y élargit jusqu'à doubler de largeur.

Mes mains sont arrimées comme un enfant s'accroche à sa bouée. Mais je sais déjà que je ne m'en sortirai pas. Je suis trop usé. Je ne sais même plus si je sais nager. Je ferme les yeux et le visage de Marthe apparaît comme un relief éclairé dans la nuit. Elle semble apaisée. Des larmes glissent, il y a plein de photos qui inondent mes pensées. Un pêle-mêle à ciel ouvert qui égrène chaque goutte de mon sang. Mon cœur me fait mal.

Sur mon lit, je ne sens pas que je ferme la bouche. Au moins, il n'y aura plus cette bave indécente.

Sur mon lit, je sens que le rêve va prendre fin.

Personne ne viendra ouvrir mes volets demain matin. Ils les ouvriront dans quelques jours, lorsque leurs appels téléphoniques n'auront pas de réponses. Je serai là, allongé, mais je ne serai plus.

Ils pleureront sûrement et pourtant je ne le souhaite pas. Je voudrais juste leur parler. Les aimer une dernière fois. Savent-ils au moins ce que mon cœur sait ?

Je le crois.

Je ne sais pas.

Je ne sais plus.

Il faudra bien que je m'en convainque.

Car mon rêve est bientôt terminé.

Note pour mes lecteurs

Ceux qui ont déjà parcouru mon univers fait de fantômes, de crimes, de monstres et autres enquêtes policières seront peut-être surpris par ce petit recueil mais je crois qu'ils me reconnaîtront sans peine au détour de certaines métaphores employées. Qu'ils se rassurent : j'aime bien trop les histoires sombres avec des trucs extraordinaires qui arrivent à des héros ordinaires. Mon univers restera donc majoritairement celui du suspense et du rythme.

Pour ceux qui me lisent ici pour la première fois, eh bien, j'espère sincèrement que ces lignes vous auront donné l'envie de creuser mon monde et de vous pencher sur mes romans.

Même si je suis fan de thrillers, je n'ai aucun souci à sortir de mes sentiers battus et ces textes trottaient déjà depuis trop longtemps dans ma tête. Ils sont sur le papier, et ça c'est un bonheur personnel.

Si, une fois au moins, vous vous êtes retrouvé(e) à la lecture de l'un d'entre eux, si vous vous êtes dit : « C'est exactement ça » alors je serai heureux car j'aurai réussi une chose : vous convaincre que, d'une façon ou d'une autre, nous sommes tous et de façon irrémédiable de la même race humaine. Nos objectifs sont très limités, au fond. En réalité ils sont très vite les mêmes pour nous tous.

On a envie d'être heureux quand on est ici-bas. Parfois, malgré tous nos efforts, c'est impossible. Tout dépend trop fortement de quel côté de la barrière vous êtes né(e).

Mais parfois, c'est une question de volonté aussi. Ce n'est pas difficile d'être malheureux.

Battez-vous pour être heureux, alors.

Avec mon affection,

Sergio.

Du même auteur :

Thrillers

La peur dans les veines – 2016

Edouard est flic depuis 30 ans. Il en a vu quelques-unes et des corsées dans sa carrière. Mais quand une série de meurtres s'abat sur sa commune, il n'est pas prêt de soupçonner ce qui l'attend. L'enquête va basculer dans une réalité horrifique, à la lisière du surnaturel. Edouard devra alors se confronter à quelque chose qui remettra en cause son côté cartésien. Un thriller nerveux, au style épuré, dont le but est de vous glacer les veines.

Théo ou le pouvoir de Dieu – 2017

Il a 11 ans. Sa vie est un enfer. Son pouvoir est sans limites.
Il est battu, il s'efforce de survivre.
Il va croiser la route du lieutenant Fallet, un homme meurtri, attachant. Fallet qui traque le Fantôme, tueur en série, dans les rues de la capitale. Il va aller à l'encontre de la noirceur humaine car Théo a un don. Terrifiant, d'une puissance inouïe. Un don qu'il ne maîtrise pas. Une croix de plus à porter.
Si vous croisez Théo, priez d'avoir été de belles personnes.

Referme bien derrière moi – 2017

Chloé pensait avoir tout perdu dans la vie. Son mari, ses parents.
Mais le sort s'acharne, son fils a été enlevé à leur domicile.
Un dessin est retrouvé peint dans sa chambre : le symbole de l'infini flanqué de deux yeux.
Une course contre la montre va s'engager pour le retrouver.
Les barrières psychologiques de la jeune femme s'effriteront devant des faits inexpliqués et inexplicables.
Guidée par une simple bougie, affrontant le Mal, son coeur de mère sera son seul rempart.
Le lieutenant Ezéquiel mettra toute son énergie dans cette affaire sombre. Au détour de son enquête, il se confrontera à la folie, à la lisière de l'entendement humain. Et puis il y a Chloé et le trouble qu'elle jette sur lui...
Un thriller spectaculaire de plus pour Sergio LUIS, habitué à nous livrer rythme, intensité et émotions.

Plus rude sera la nuit -2017

Le cœur cognant à tomber par terre, penché en avant sur les galets, il releva la tête. Dans cette pluie de folie, il ne vit à nouveau que deux formes ovales. Il sentit les pieds bouger. L'un d'entre eux passa derrière lui.
Au départ, il eut du mal à comprendre. La lame pénétra dans les lombaires. Il entendit les côtes se fracturer à son passage. Il la sentit remonter un bref instant vers les poumons, alors qu'elle déchirait les muscles intercostaux. Il

n'eut pas l'occasion de crier une dernière fois. Le sang dans sa bouche l'en empêcha. Avant de quitter son existence terrestre, son dernier regard se porta de nouveau sur les pieds nus, toujours immobiles.
De si petits pieds.

Jenny revient à Mystic, petite commune des Etats-Unis, où elle a grandi. Parce qu'à 32 ans, sa vie est déjà bien cabossée. Mais des crimes entourent son retour. Elle a si froid, Jenny. Si froid qu'elle va devoir agir pour s'en sortir. Alors, elle fera une rencontre qui bouleversera sa vie à jamais. Une rencontre avec la recluse, la sorcière, la vieille. Celle qui détient peut-être les clés de tout.
Le froid. Le froid, tout le temps. Et pourtant, il y a des émotions si vives, d'une puissance rare.
Alors pour Jenny, les nuits seront plus rudes.

Court-circuit – 2018

Son cœur accéléra encore. Sa main était moite et les maillons de la chaine semblaient lui glisser des doigts. Elle poussa un petit gémissement. Discret.
Quatre, cinq, six marches.
Il arrivait. Elle ferma les yeux, mordit sa lèvre jusqu'à ce que le sang en jaillisse, un sang brunâtre, peut-être signe d'une infection avancée. S'enfuir ou mourir.
Enfin, la dernière marche.
« Entre, salaud. Ça va être ta fête. »

Une rencontre hallucinante pour Antoine, alors qu'il

rentre chez lui après un réveillon bâclé. Un acte de folie pour Elodie, clouée à un fauteuil roulant depuis son accident de la route. Des flics de la Creuse qui courent après un gang invisible, "Les évaporateurs". Jules, qui soutient sa maman anorexique. Une femme qui se souvient de son passé, dans sa prison dorée de Californie. A priori, aucun lien entre eux. Des destins pourtant communs. Une route de sang. Et au final, l'indicible.

Nouvelles :

Rue des Iris

une histoire d'amour, au rythme de la 2ème guerre. Amour impossible, fort, puissant et finalement éternel.

Disponibles sur

Amazon : Sergio LUIS

Formats ebooks ou papiers

Sur commande auprès de l'auteur (dédicacés) :

https://www.facebook.com/au.fil.de.mes.romans

sergio.luis@orange.fr

https://sergioluis4.wixsite.com/sergioluis

Printed in Great Britain
by Amazon